稻草人

葉聖陶　著

葉聖陶（一八九四年－一九八八年）

原名葉紹鈞，字秉臣，江蘇蘇州人。著名作家、教育家、編輯家、文學出版家和社會活動家。是「五四」新文化運動的先驅者，是文學研究會在創作上最有成績的作家，也是五四時期除魯迅之外最重要的現實主義小說家。《稻草人》為中國第一部短篇童話集。

總序一

兒童文學的歷史與記憶

林文寶

大陸海豚出版社所出版之中國兒童文學經典懷舊系列，要在臺灣出版繁體版，這是臺灣兒童文學界的大事。該套書是蔣風先生策劃主編，其實就是上個世紀二、三十年代的作家與作品，絕大部分的作家與作品皆已是陌生的路人。因此，說是經典有失嚴肅；至於懷舊，或許正是這套書當時出版的意義所在。如今在臺灣印行繁體版，其意義又何在？

考查各國兒童文學的源頭，一般來說有三：

一、口傳文學

二、古代典籍

三、啟蒙教材

而臺灣似乎不只這三個源頭，綜觀臺灣近代的歷史，先後歷經荷蘭人佔據三十八年（一六二四—一六六二），西班牙局部佔領十六年（一六二六—

一六四二），明鄭二十二年（一六六一—一六八三），清朝治理二〇〇餘年（一六八三—一八九五），以及日本佔據五十年（一八九五—一九四五）。其間，相當長時間是處於被殖民的地位。因此，除了漢人移民文化外，尚有殖民者文化的滲入；尤其以日治時期的殖民文化影響最為顯著，荷蘭次之，西班牙最少，是以臺灣的文化在一九四五年以前是以漢人與原住民文化為主，殖民文化為輔的文化形態。

一九四五年十月二十五日國民黨接收臺灣後，大陸人來臺，注入文化的熱血液。接著一九四九年十二月七日國民黨政府遷都臺北，更是湧進大量的大陸人口。而後兩岸進入完全隔離的型態，直至一九八七年十一月臺灣戒嚴令廢除，兩岸開始有了交流與互動。一九八九年八月十一至二十三日「大陸兒童文學研究會」成員七人，於合肥、上海與北京進行交流，這是所謂的「破冰之旅」，正式開啟兩岸兒童文學交流歷史的一頁。

其實，兩岸或說同文，但其間隔離至少有百年之久，且由於種種政治因素，目前兩岸又處於零互動的階段。而後「發現臺灣」已然成為主流與事實。

因此，所謂臺灣兒童文學的源頭或資源，除前述各國兒童文學的三個源頭，又有受日本、西方歐美與中國的影響。而所謂三個源頭主要是以漢人文化為主，其實也就是傳統的中國文化。

臺灣兒童文學的起點，無論是一九〇七年（明治四〇年），或是一九一二年（明治四十五年／大正元年），雖然時間在日治時期，但無疑臺灣的兒童文學是屬於華文世界兒童文學的一支，它與中國漢人文化是有血緣近親的關係。因此，了解中國上個世紀新時代繁華盛世的兒童文學，是一種必然尋根之旅。

本套書是以懷舊和研究為先，因此增補了原書出版的年代（含年、月）、出版地以及作者簡介等資料。期待能補足你對華文世界兒童文學的歷史與記憶。

林文寶，現任臺東大學榮譽教授，曾任臺東大學人文文學院院長、兒童文學研究所創所所長、亞洲兒童文學學會臺灣會長等。獲得第三屆五四兒童文學教育獎，中國文藝協會文藝獎章（兒童文學獎），信誼特殊貢獻獎等獎肯定。

原貌重現中國兒童文學作品

蔣風

今年年初的一天，我的年輕朋友梅杰給我打來電話，他代表海豚出版社邀請我為他策劃的一套中國兒童文學經典懷舊系列擔任主編，也許他認為我一輩子與中國兒童文學結緣，且大半輩子從事中國兒童文學教學與研究工作，對這一領域比較熟悉，了解較多，有利於全套書系經典作品的斟酌與取捨。

一開始我也感到有點突然，但畢竟自己從童年開始，就是讀《稻草人》《寄小讀者》《大林和小林》等初版本長大的。後又因教學和研究工作需要，幾乎一而再、再而三與這些兒童文學經典作品為伴，並反復閱讀。很快地，我的懷舊之情油然而生，便欣然允諾。

近幾個月來，我不斷地思考著哪些作品稱得上是中國兒童文學的經典？哪幾種是值得我們懷念的版本？一方面經常與出版社電話商討，一方面又翻找自己珍藏的舊書。同時還思考著出版這套書系的當代價值和意義。

中國兒童文學的歷史源遠流長，卻長期處於一種「不自覺」的蒙昧狀態。而清末宣統年間孫毓修主編的「童話叢刊」中的《無貓國》的出版，可算是「覺醒」的一個信號，至今已經走過整整一百年了。即便從中國出現「兒童文學」這個名詞後，葉聖陶的《稻草人》出版算起，也將近一個世紀了。在這段不長的時間裡，中國兒童文學不斷地成長，漸漸走向成熟。其中有些作品經久不衰，而一些作品卻在歷史的進程中消失了蹤影。然而，真正經典的作品，應該永遠活在眾多讀者的心底，並不時在讀者的腦海裡泛起她的倩影。

當我們站在新世紀初葉的門檻上，常常會在心底提出疑問：在這一百多年的時間裡，中國到底積澱了多少兒童文學經典名著？如今的我們又如何能夠重溫這些經典呢？

在市場經濟高度繁榮的今天，環顧當下圖書出版市場，能夠隨處找到這些經典名著各式各樣的新版本。遺憾的是，我們很難從中感受到當初那種閱讀經典作品時的新奇感、愉悅感、崇敬感。因為市面上的新版本，大都是美繪本、青少版、刪節版，甚至是粗糙的改寫本或編寫本。不少編輯和編者輕率地刪改了原作的字詞、標點，配上了與經典名著不甚協調的插圖。我想，真正的經典版本，從內容到形式都應該是精致的、典雅的，書中每個角落透露出來的氣息，都要與作品內在的美感、精神、品質相一致。於是，我繼續往前回想，記憶起那些經典名著的初版本，或者其他的老版本——我的心不禁微微一震，那裡才有我需要的閱讀感覺。

在很長的一段時間裡，我也渴望著這些中國兒童文學舊經典，能夠以它們原來的面貌重現於今天的讀者面前。至少，新的版本能夠讓讀者記憶起它們初始的樣子。此外，還有許多已經沉睡在某家圖書館或某個民間藏書家手裡的舊版本，我也希望它們能夠以原來的樣子再度展現自己。我想這恐怕也就是出版者推出這套書系的初衷。

也許有人會懷疑這種懷舊感情的意義。其實，懷舊是人類普遍存在的情感。它是一種自古迄今，不分中外都有的文化現象，反映了人類作為個體，在漫長的人生旅途上，需要回首自己走過的路，讓一行行的腳印在腦海深處復活。

懷舊，不是心靈無助的漂泊；懷舊也不是心理病態的表徵。懷舊，能夠使我們憧憬理想的價值；懷舊，可以讓我們明白追求的意義；懷舊，也促使我們理解生命的真諦。它既可讓人獲得心靈的慰藉，也能從中獲得精神力量。因此，我認為出版本書系，也是另一種形式的文化積澱。

懷舊不僅是一種文化積澱，它更為我們提供了一種經過時間發酵釀造而成的文化營養。它為認識、評價當前兒童文學創作、出版、研究提供了一份有價值的參照系統，體現了我們對它們批判性的繼承和發揚，同時還為繁榮我國兒童文學事業提供了一個座標、方向，從而順利找到超越以往的新路。這是本書系出版的根本旨意的基點。

這套書經過長時間的籌畫、準備，將要出版了。

我們出版這樣一個書系，不是炒冷飯，而是迎接一個新的挑戰。

我們的汗水不會白灑，這項勞動是有意義的。

我們是嚮往未來的，我們正在走向未來。

我們堅信自己是懷著崇高的信念，追求中國兒童文學更崇高的明天的。

二〇一一年三月二〇日
於中國兒童文學研究中心

蔣風，一九二五年生，浙江金華人。亞洲兒童文學學會共同會長、中國兒童文學學科創始人、中國國際兒童文學館館長。曾任浙江師範大學校長。著有《中國兒童文學講話》《兒童文學叢談》《兒童文學概論》《蔣風文壇回憶錄》等。二〇一一年，榮獲國際格林獎，是中國迄今為止唯一的獲得者。

目錄

序

聖陶集他最近二年來所作的童話編成一個集子，把末後一篇的篇名〈稻草人〉作為全集的名稱。他要我為他作一首序文。我是很喜歡讀聖陶的童話的，而且久已想說幾句關於他的童話的話，現在便乘這個機會在此寫幾個字；不能算是《稻草人》的介紹，不過略述自己的感想而已。

丹麥的童話作家安徒生（Hans Andersen）曾說，「人生是最美麗的童話。」（Life is the most beautiful fairy tales.）這句話在將來「地國」的樂園實現時，也許是確實的。但在現代的人間，這話卻至少有兩重錯誤：第一，現代的人生是最令人傷感的悲劇，而不是最美麗的童話；第二，最美麗的人生，即在童話裡也不容易找到。

現代的人受了種種的壓迫與苦悶，強者呼號著反抗，弱者只能絕望地微喟。雖然有許多不自覺的人，如綠草一樣，春而遍野，秋而枯死，沒有思想，也不去思想；還有許多人住在白石的宮裡，夏天到海濱去看蕩漾的碧波，冬天坐在窗前看飛舞的白雪，或則在夕陽最後的澹光中，徘徊於叢樹深密流泉噴激的幽靜裡，或則當暮春與清秋的佳時，弄棹於遠山四圍塔影映水的綠湖上；他們都可算是幸福的人。這正如看一幅最美麗的畫圖：綠疇千畝，陌上桃花盛開，小溪曲流於其間；農夫驅著牛在那裡犁田，漁翁靜靜的坐在綠蔭底下垂釣，少年跨著駿馬在陌上馳著；天空是一碧無際，間泛著若隱現的魚鱗似的幾片白雲，誰會見了這幅畫圖而不覺得這是可留戀的境地呢？然而這不過是一幅畫圖而已！在真實的人生裡，雖也時時的現出這些景象，但只是一瞬間的幻覺，而它的背景，乃是一片荒涼的大沙漠或是灰色的波濤洶湧的無邊海洋。所以一切不自覺者與快樂者實際上卻與一切的悲哀者一樣，都不過是這大沙漠中或是這無邊海洋中的隻身旅行者或隨波逐浪掙扎著的小動物而已。如果拿了一具大的顯微鏡，把人生仔細觀察一下，便立刻現出如克里卜萊•克拉卜萊老人在一滴溝水裡所見的可怕的現象：

所有幾千個在這水裡的小鬼都跳來跳去，互相吞食，或則彼此互相撕裂，成為片片。……這景象如一個城市，人民狂暴的跑著，打著，競爭著，撕裂著，吞食著。在底下的想往上面爬，乘著機會爬在上面的卻又被被壓下了。有一個鬼生了一個小瘤在耳邊。他們便想把他取下來，四面拉著他，就此把他吃掉了。只有一個小女兒沉靜的坐著，她所求的不過是和平與安寧。但別的鬼卻不願意，推著她向前，打她，撕她，也把她吃掉了。

正如那向這顯微鏡看著的無名的魔術家所說的，「這實是一個大都市的情況。」或者更可以加一句，「這便是人生！」

如果更深邃的向人生的各方面看去，則幾乎無處不現出悲慘的現象。如聖陶在〈克宜的經歷〉裡所說的：在商店裡，在醫院裡，在戲館裡，所有的人都是皮包著骨，臉上全沒血色，他們的又細又小的腿腳正像雞的腿腳；或如他在〈畫眉鳥〉裡所說的：有腿的人卻要別人拉著走，拉的人的額上的汗滲出來，像蒸籠的蓋，幾個油膩蒙了周身的人，終日在沸油的鍋子旁為了客人的吩咐而作工，唱歌的女孩子面孔漲得紅了，在迸出高聲的時候，眉頭皺了好幾回，顴骨上面的筋也漲粗了，她也是為他人而唱的。雖然聖陶曾讚頌著田野的美麗與多趣，然而他的田野是「將來的田野」，現在的田野，卻是如〈稻草人〉裡所寫的一樣——也是無時無處不現出可悲的事實。

所謂「美麗的童話的人生」在哪裡可以找得到呢？現代的人世間，哪裡現得出來「美麗的童話的人生」呢？

恐怕那種所謂童話的美麗的幸福的生活，只有在最少數的童話裡才能有罷！而這些最少數的美麗的生活，在童話裡所表現的，也並不是在人世間，卻都在蟲的世界，花的世界裡。至於在一切童話裡所表現的「人」的生活，卻仍是冷酷而悲慘的。

我們試讀金斯萊（Charles Kingsley）的《水孩子》（Water Babies），掃煙囪的孩子湯姆在人的社會裡所受的是何等冷酷的待遇呀！再試讀王爾特（O. Wilde）的《安樂王子》，燕子飛在空中所見的景象是何等悲慘的景象呀！少年皇帝在夢中所見的景象又是何等的景象呀！沒有，沒有，在童話中的人生也是沒有快樂的。正如安徒生在他的《一個母親的故事》裡所述的，母親的孩子為死神所抱去，她竭盡力量想把他抱回，但當她在井口看見孩子的將來的運命時，她便叫道，「還是帶他去好！」現代的人生就是如此。

聖陶最初動手寫作童話，是在我編輯《兒童世界》的時候。那時，他還夢想著一個美麗的童話的人生，一個兒童的天真的國土。所以我們讀他的〈小白船〉〈傻子〉〈燕子〉〈芳兒的夢〉〈新的表〉及〈梧桐子〉諸篇，可以顯然的看出他是在努力的想把自己沉浸在孩提的夢境裡，又想把這種美麗的夢境表現在紙上。

然而，漸漸的，他的著作情調卻不自覺的改變了方向。他在去年一月十四日寫給我的信上曾說，「今又呈一童話，不識嫌其太不近於『童』否？」實在的，在成人的灰色雲霧裡，想重現兒童的天真，寫兒童的超越一切的心理，似乎是不可能的企圖。聖陶發生的疑惑，也是自然的結果。我們試看他後來的作品，雖然他依舊想以同樣的筆調來寫近於兒童的文字，而同時卻不自禁的融凝了許多「成人的悲哀」在裡面。雖然在文字方面，兒童是不會看不懂的，而其透入紙背的深情，則是一切兒童所不容易明白的。大概他隱藏在童話裡的這個「悲哀」的分子，也與柴霍甫（A. Tchekhov）在他短篇小說和戲曲裡所隱藏的一樣，漸漸的，一天一天的濃厚而且增加重要。如他的〈一粒種子〉〈地球〉〈大喉嚨〉〈旅行家〉〈鯉魚的遇險〉〈眼淚〉等篇，所述的還不很深切，他還想以「童心」來完成一個人世間所永不會完成的美滿的結局。然而不久，他竟無意的又自己棄了這種幼稚的幻想的美滿的大團圓。如〈畫眉鳥〉，如〈玫瑰和金魚〉，如〈花園之外〉，如〈瞎子和聾子〉，如〈克宜的經歷〉等篇，則其色彩已顯出十分的灰闇。及至他寫到〈快樂的人〉的薄膜的破裂，則他的悲哀已造極巔，即他所信的田野的樂園，此時也已摧毀。最後，他對於人世間的希望，遂隨了〈稻草人〉而俱倒。「哀者不能使之歡樂」，我們觀聖陶的童話裡的人生的歷程，即可知現代的人生是如何的淒冷悲慘；即夢想者竭力欲使之在理想的國裡美化這麼一瞬，僅僅是一瞬，而在事實上也竟不能辦到。

人生的美麗的生活，在那裡可以找到呢？如果將來的「地國」的樂園不曾實現，人類的這個尋求恐怕是永沒有終止的時候的。

寫到這裡，我想，我們最好是暫且放下這個無答案的冷酷的人生問題，轉一個方向，談談聖陶的藝術上的成就。

聖陶他自己很喜歡這個童話集；他曾對我說，「我之喜歡《稻草人》，較《隔膜》為甚，所以我希望《稻草人》的出版，也較《隔膜》為切。」我在《稻草人》裡，喜歡讀的文字，似乎也較《隔膜》多。雖然《稻草人》裡有幾篇文字，如〈地球〉〈旅行家〉等，結構上似略幼稚，而在描寫的一方面，則全集中幾乎無一篇不是成功之作。我們一翻開這個集子，就讀到：

「一條小溪是各種可愛東西的家。小紅花站在那裡，只是微笑，有時做很好看的舞蹈。綠草上滴了露珠，好像仙人的衣服，耀人眼睛。溪面鋪著萍葉，矗起些桂黃的萍花，仿佛熱帶地方的睡蓮——可以說是小人國裡的睡蓮。小魚兒成群來往，針一般地微細；獨有兩顆眼珠大而發光。」（〈小白船〉）

這是如何的迷人的美妙的敘述呀；當我們讀時，我們的心似乎立刻被帶到一個小溪之旁，站在那裡賞玩這種美景。然而還不僅此，如果我們繼續的讀下面的幾段：

「許多梧桐子，他們真快活呢。他們穿了碧綠的新衣，一齊站在窗沿上遊戲，四面張著綠綢的幕；風來時，綠綢的幕飄飄地吹動，像個仙人的住宅。從幕的縫裡，他們可以看見深藍的天，天空的飛鳥，仙人的衣服似的白雲；晚上可以看見永久笑嘻嘻的月亮，美眼流轉的星，玉橋一般的銀河，提燈遊行的螢蟲。他們看得高興，就提起小喉嚨唱歌，那時候間壁的柿子也唱了，下面的秋海棠也唱了，階下的蟋蟀也唱了。。」（〈梧桐子〉）

「溫柔而清淨的河是鯉魚們的家鄉。日裡頭太陽光像金子一般，照在河面上；又細又軟的波紋仿佛印度的細紗。到晚上，銀色的月光、寶石似的星光蓋著河面的一切；一切都穩穩地睡去了，連夢也十分甜蜜。大的小的鯉魚們自然也被蓋在細紗和月光、星光底下，生活十分安逸，夢兒十分甜蜜。」（〈鯉魚的遇險〉）

「春風來了，細細的柳絲上不知從什麼地方送來些嫩黃色。定睛看去，又說不定是嫩黃色，卻有些綠的意思。他們的腰好軟呀！輕風將他們的下梢一順地托起，姿勢整齊而好看。默默之間，又一齊垂下了，彷彿小女郎梳齊的頭髮。

「兩行柳樹中間，橫著一道溪水。不知由誰斟滿了的，碧清的水面幾與岸道相平。細的勻的皺紋好美麗呀！彷彿固定了的，看不出波波推移的痕跡；柳樹的倒影清清楚楚可以看見。岸灘紛紛披著綠草，正是小魚們小蝦們絕好的住宅。水和泥土的氣息發散開來，使人一嗅到，便想起這是春天特有的氣息。溫和的陽光籠罩溪上，更使每一塊石子、每一粒泥砂都有生活的歡樂。」（〈花園之外〉）

我們便不知不覺的驚奇而且要帶著敬意，讚頌他的完美而細膩的美的描寫。實在的，像這種的描寫，不僅非一般粗淺而誇大的作家所能想望得到，即在《隔膜》裡也難尋得這種同樣的文字。

在描寫兒童的口吻與人物的個性方面，《稻草人》也是很成功的。

聖陶在藝術上，我們實可以公認他是現在中國二三最成功者當中的一個。

同時《稻草人》的文字又很淺明，沒有什麼不易明瞭的地方。如果把這個集子給讀了四五年書的兒童看，我想他們必定是很歡迎的。

有許多人恐怕要疑惑，像〈瞎子和聾子〉及〈稻草人〉〈畫眉鳥〉等篇，帶著極深摯的成人的悲哀與極淒切的失望的呼聲的，給兒童看了要否引起什麼障礙？幼稚的和平純潔的心裡應否即擲以人世間的擾亂與醜惡之石子？這個問題，以前也曾有許多人討論過。我想，這個疑惑似未免太過於重視兒童了。把成人的悲哀，顯示給兒童，可以說是應該的。他們需要知道人間社會的現狀，正如需要知道地理和博物的知識一樣，我們不必，也不能有意的去防阻他。

這個童話集裡，附有不少的美麗的插圖。這些圖都是許敦谷君畫的。我們應該在此向他致謝。有這種好圖畫印在書裡，在中國，可以說此書是第一本。

鄭振鐸

一九二三、九、五

小白船

一條小溪是各種可愛東西的家。小紅花站在那裡，只是微笑，有時做很好看的舞蹈。綠草上滴了露珠，好像仙人的衣服，耀人眼睛。溪面鋪著萍葉，矗起些桂黃的萍花，彷彿熱帶地方的睡蓮——可以說是小人國裡的睡蓮。小魚兒成群來往，針一般地微細；獨有兩顆眼珠大而發光。青蛙兒老是睜著兩眼，像在那裡看守的樣子，大約等待他的好伴。

溪面有極輕的聲音——水泡破碎的聲音。這是魚兒做出來的，他們能夠用他們的特別方法奏這奇異的音樂。「潑剌……潑剌」他們覺得好聽極了。

他們就邀著小紅花一起跳舞；綠草因為誇耀自己仙人的衣服，也跟了上來；小人國裡的睡蓮喜得輕輕地抖動；青蛙兒看得呆了，不知不覺，隨口唱起歌來。

溪上一切東西更覺得有趣可愛了。

小溪的右邊，泊著一條小小的白船。這是很可愛的白船，船身全是白色，連舵、槳、篷、帆都是白的；形狀正像一支梭子，狹而長。這條船不配給胖子坐的。倘若胖子跨上去，船身一側，就會掉下水去。也不配給老人坐的。倘若老人坐了，灰黑色的皮膚，網一般的額紋，同美麗的白色配合在一起，一定使老人羞得要死。這條小船隻配給玲瓏美麗的小孩子坐的。

這時候兩個孩子走向溪邊來了。一個是男孩子，穿著白色的衣服，面龐紅得像蘋果。一個是女孩子，穿著同天一樣的淡藍色的衣服，也是紅潤的面龐，更顯得細潔。

他們兩個手牽著手，用輕快的步子走過小林，便到了溪邊，跨上小白船。小白船穩穩地載著他們兩個，仿佛有驕傲的意思，略微擺了幾擺。

男孩子說，「我們且在這裡坐一會罷。」

「好，我們看看小魚兒。」女孩子靠著船舷回答。

小魚兒依舊奏他們的音樂，青蛙兒還是唱歌。男孩子採了一朵萍花，插在女孩子的髮辮上，看著笑道，「你真像個新娘子了。」

女孩子似乎沒有聽見，只拉著男孩子的衣服，說，「我們來唱〈魚兒歌〉，我們一齊唱。」

他們唱歌了。

魚兒來，魚兒來，
我們沒有網，我們沒有鉤。
我們唱好聽的歌，
願和你們同游。

魚兒來，魚兒來，
我們沒有網，我們沒有鉤。
我們採好看的花，
願和你們同游。

魚兒來，魚兒來，
我們沒有網，我們沒有鉤。

我們有快樂的一切。
願和你們同游。

歌還沒唱完，大風起了，溪旁花草舞得很急，水面也起了波紋。男孩子張起帆來，預備乘風遊行。女孩子放下了舵，一手按住，像個老舵工。忽然兩岸往後退了，退得非常之快，小白船像飛魚一般地游行於溪上了。

風真急呀！兩岸什麼東西都看不清楚，只見一抹抹的黑影向後閃過。船底的水聲罩住了一切聲音。白帆袋滿了風，像彌勒佛的肚皮。照這樣的急風，不知小白船要被吹到哪裡去呢！他們兩個驚慌了；行了好久，不知到了什麼地方。想使小白船停止，可又辦不到，小白船飛奔得正高興呢。

女孩子哭了。她想起家裡的媽媽，想起柔軟的小床，想起純黃的小貓。今天恐怕都不能看見了。雖然現在在一起的是親愛的小伴，但對於那些也覺著捨不得。

男孩子替她理被風吹散的頭髮，一邊將手心盛她的眼淚。「不要哭吧，好妹妹，一滴眼淚猶如一滴甘露，很可惜的。大風總有停止的一刻，猶如巨浪總有平靜的一刻。」

她只是哭泣，靠在他的肩上，像一個悲哀的神女。

他設法使船停住。他叫她靠著船舷，他自己站起來，左手按帆繩的結，右手執一柄槳。很快的一個動作：左手抽結，右手的槳撐住岸灘。帆慢慢地落下來了，小白船停止了。便看兩岸，卻是個無人的曠野。

他們兩個登岸，風還是發狂的樣子，大樹都搖得都有點疲乏了。女孩子揩著眼淚，看看四面無人，又無房屋，不由得又流下淚水來。男孩子安慰她道：「沒有房屋，我們有小白船呢。沒有人，我們兩個很快活呢。我想，就在小白船裡住這麼一世，也是很好。你也這麼想罷。我們且走著玩去。」

她自然而然跟著他走了。風吹來有點寒意，使他們貼得愈近，彼此手勾著腰。走不到幾百步，看見一樹野柿子，差不多掛著無數瑪瑙球，有許多熟透的落在地上。她拾起一個來，剝開一嘗，非常甘甜，便叫他拾來同吃。他們於是並坐地上吃柿子，把一切都忘記了。

忽然從一叢矮樹裡跑出一頭小白兔。他奔到他們跟前，就貼伏著不動。她舉手撫摩他的軟毛；抱他在懷裡。男孩子笑道，「我們又得一個同伴，更不嫌冷靜了。」他說著，剝一個柿子給他吃。小白兔湊近來，給紅色的果漿塗了半面。

遠遠地一個人奔來，面貌醜惡可怖，身子也特別地高。他看見小白兔在他們身邊，就板起面孔，說他們偷了他的小白兔。男孩子急辯白道，「這是他自己奔來的，我們歡喜一切可愛的東西，當然也歡喜他。」

那人點頭道，「既然這樣，也不怪你們，還我就是了。」她捨不得和小白兔分別，把他抱得更緊一點；面龐貼著他的白毛，有欲哭的意思。那人哪裡管她，一搶就將小白兔搶了去。

這時候風漸漸地緩和了。男孩子忽然想起，既然遇到了人，何不問一問，這裡離家多少遠，回去應從哪條河走。他就這樣問了。

那人道，「你們的家離這裡二十里呢。河水曲折，你們一定認不得回去。可是我可以送你們回去。」

他快活極了，心想面貌這麼可怕的，原來是個最可愛的人。她就央告道，「我們就上小白船去吧。我們的媽媽和小黃貓等著我們呢。」

那人道，「不行，我送了你們回去，你們沒有什麼東西謝我，豈不太吃虧了？」

「我謝你一幅好的圖畫。」男孩子說；他兩手分開形容畫幅的大小。

「我謝你一束波斯菊，紅的白的都有，好看煞呢！」女孩子作贈花的姿勢。

那人搖頭道，「都不要。我現在有三個問題，你們若能回答，便送你們回去。若是不能回答，我自抱了小白兔回去，不管你們的事。你們能答應麼？」

「能！」她歡呼一般地喊了出來。

那人說，「第一個問題是鳥為什麼要歌唱？」

「要唱給愛他們的聽！」她立刻回答出來。

那人點點頭說，「算你答得不錯。第二個問題是：花為什麼芳香？」

「芳香就是善，花是善的符號。」男孩子搶著回答。

那人拍手道，「有意思！第三個問題是：為什麼小白船是你們所乘的？」

她舉起右手，像在教室裡表示能答時的姿勢，說，「因為我們純潔，惟有小白船合配裝載。」

那人大笑道，「我送你們回去了！」

兩個孩子樂極，互相抱著，親了一親，便奔回小白船。仍舊由女孩子把舵。男孩子和那人各划一柄槳。她看兩岸的紅樹、草屋、平田都像神仙的境界。更滿意的，那小白兔沒有離開，此刻伏在她的腳邊。她一手採了一枝蓼花給他咬，逗著他玩。

男孩子說，「沒有大風，就沒有此刻的趣味。」

女孩子說，「假若我們不能回答他的問題，此刻還有趣味麼？」

那人划著槳，看著他們兩個微笑，只不開口。

當小白船回到原泊的溪上的時候，小紅花和綠草已停止了舞蹈；萍葉蓋著魚兒睡了；獨有青蛙兒還在那裡歌唱。

一九二一，一一，一五。

傻子

傻子的姓名，沒有一個人知道。

他自出母胎，就睡在育嬰堂牆上的大抽屜裡。小朋友看見過這個大抽屜麼？很深又很廣，漆著黑漆，仿佛一具小棺材。父母生了孩子不歡喜留著的，便送到這個大抽屜裡。除了送去的人看見抽屜裡有了孩子，便留養著，由乳娘給奶吃。可是，不是母親的奶又哪裡有什麼甜味呢！傻子就是吃這種沒有甜味的奶活著的。

他到兩歲光景，身體還是很輕，臉上有些老年人的皺紋。他只能發「唔啞唔啞」的聲音，不能說話，不能叫人——有什麼人給他親親熱熱地叫呢？他又不會笑。那一天乳娘高興了，抱著他逗他玩，她含一顆粽子糖在嘴裡，要他的小嘴湊著搒了去吃。他的頭被抱近了，小嘴湊近她的嘴了，才出的鋒利的門牙割碎了她的嘴唇，卻沒有接到粽子糖。胭脂似的血滲出來，她覺得很痛。於是她怒了，重重地打他的頭，又罵道，「你這傻子！」「傻子」的名字就此開始行用了。

他六歲上出了育嬰堂，因為有一個木匠領他去做徒弟。他舉起斧頭時，總是搖搖不定，砍下時，只削去木頭的一層皮。他當鋸子時，常常因推移不動，弄得面紅耳赤；待吃了師傅的幾下手掌，才得到師傅的幫助。他不懂得哭，並且似乎不懂得痛；舉得起斧頭時他總是砍，推得動鋸子時他總是鋸。鄰近人家看見他的，都說他真是個傻子。

這是很冷的一夜，傻子還在那裡做夜工。因為富翁家裡趕緊要造一間有五重復壁的暖室，所以師傅命傻子同別一個徒弟連鋸木板。他吩咐道，「明天要把木板帶到富翁家裡去用，你們兩個必須鋸完了方可睡覺。倘若今夜鋸不完，明天休要見我！」師傅自去睡了。

傻子聽師傅已經睡熟，輕輕地對他的同伴說道，「這麼冷的天氣，你做工多麼辛苦，不如去睡覺罷。」

同伴說，「我的眼睛早已黏了攏來，最好立刻躺下來睡。可是木頭沒鋸完，明天不能見師傅的面呢！」

「有我呢，」傻子拍著胸脯說，「你不要管。這些木頭統歸我來鋸，包你一夜鋸完。你的夾被不夠暖了，反正我不睡，你把我的破棉絮一起蓋了罷。」

同伴連忙自己的夾被同傻子的破棉絮鋪在地上，他躺在上面，鶻落一卷，便進他的舒適快樂的王國去了。

傻子見同伴肯聽說話，非常滿足；看自己的破棉絮圍成個舒適快樂的王國，事情又多麼好呀！他於是重又推動鋸子。他的手凍得有些僵了，仿佛沒有拿什麼東西。細小的煤油燈火被窗洞裡的風吹動得東斜西倒，木頭上彈著的墨線實在不容易看清楚。但是他不管，只是一推一挽地鋸，簡直像一臺鋸木的機器。

天亮了，亮得太早了一點，傻子還有兩根木頭沒有鋸完。師傅醒轉來，聽見還有鋸木的聲音；看時，只有傻子在那裡工作，那一個徒弟卻包在破棉絮裡。他氣極了，跳起身來拉開破棉絮就要打。傻子急忙說，「他並不要睡呀，是我叫他睡的，師傅不能打他。」

師傅聽了，益發惱怒，但惱怒轉了方向；心想傻子不但教人學壞，並且將棉絮借給人家，鼓勵人家學壞，實在可惡！又想富翁家的工作給他耽誤了，不免要受責罰，便舉起六尺杆向傻子頭上打去，恨恨地罵道，「你這個傻子！」

這件事的結果是傻子被罰去兩頓飯，只好在旁看他人三口飯一口菜地亂咽。

有一天，他從人家做工回來，天色已經黑了。他慢慢地走，忽然踏著一件東西。拾起來看，是一個布袋，分量重重的。湊近電燈光解開來，好耀眼的光亮，原來是十來個銀元。

於是他站住了。他想，「這些白亮亮的東西，於我全沒用處。倘若帶了回去，今夜還是吃兩碗飯，蓋一條破棉絮，兩碗飯和一條破棉絮是本來就有的。但是師傅卻很中意這東西不知什麼緣故。」

他實在想不明白。他又想，「何必去想他呢；反正沒有用，丟了就是了。」正想向垃圾桶丟時，他又轉了一個念頭。「這一袋東西總是誰掉了的。那個人倘若是同師傅一樣的，一定捨不得這一袋東西。我把它丟在垃圾桶裡，不要累那個人哭死麼！」他就立在那裡等待。

做夜市的小販回去了，喝醉的酒客被扶歸了，查街的巡士走過了，沿街的門都關上了；街上沒有別的東西，只有靜寂的電燈。傻子立在電燈下，只不見來找尋這一袋東西的人。他很覺奇怪，難道是電燈掉了的麼？不然，電燈為什麼亮著他的獨眼，不肯跟大家安睡呢？

那邊有腳聲了，是急促而輕輕的腳聲。傻子心想一定是那個人來了。從電燈光中望去，是一位老太太，眼眶有淚光。她相著地面走，沒有看見傻子。

「老太太，你找一袋白亮亮的東西麼？在這裡！」

「拿來！阿彌陀佛！」老太太皺癟的臉笑了，笑得真醜。

傻子的師傅見傻子不回家，以為他掉在河裡了，或者給騙子騙去了。到平日睡覺的時候，他就睡了。當傻子摸進門時，滿屋漆黑，師傅的鼾聲發得怪響。他摸到破棉絮的地方，就往裡一鑽。

明天天剛亮，傻子的同伴見傻子躺在自己身旁，便推醒了他，問昨夜到了哪裡去。傻子一一講了。那個同伴從被窩裡伸出右手，指著傻子的額角道，「你這傻子！」

又一天，傻子做工的那人家上梁，照例有糕和饅頭贈給工人。傻子得了兩塊糕、兩個饅頭。

他回家的時候，路上遇見一群難民。幾個女子，破而汙的衣背裡，裹著赤裸的孩子；有幾個將孩子抱在懷裡給奶吃。他們喊出痛苦的聲音，像荒年的老鴉。很奇怪的，傻子覺得他們的眼光射在自己手裡的糕和饅頭。「他們想吃麼？他們未必知道糕是甜饅頭是鹹的。讓他們嘗一嘗新鮮味道倒也好；橫豎這些是我分外的，我回去有分內的兩碗飯呢。」於是他盡所有送給難民。

難民哪裡料想得到有這樣好的饋贈。他們不喊了，將糕和饅頭分成無數小塊，大大小小都分配到。他們的下鄂齊動了，仿佛吃著山珍海味那樣有滋有味，傻子看得很有趣。

傻子的鄰居早知傻子當晚有好吃的東西帶回來。當他走到門口時，就喊住他道，「上梁饅頭糕分一半吃吃。」

傻子揚一揚兩隻空手，笑道，「你何不預先對我說？對不起，全給難民了。」鄰居撅起面孔，吐口沫於地，曳長地說，「你這傻……子！」

這一天工人都停工，一切人都歇了業，因為要聽國王在廣場上演說。那個國王非常勇武，帶了兵出去打別國，沒有不勝的。可是新近吃了一陣敗仗——第一次的敗仗。傻子跟著眾人到場上，站著的人同螞蟻一般。他慢慢地擠前去，居然到了演說臺下。抬頭看國王，滿面怒容，眼睛似乎放得出火，鬍子像槍一般地向兩旁挑起。他正在那裡演說呢。

「……從未有的恥辱！從未有的恥辱！只有我們勝人，哪有人家勝我！可恨的仇敵啊！可恨的仇敵啊！我此時的心，最好有一個人在旁，給我一刀砍去他的頭！……」全場靜悄悄，只有國王的聲音。

傻子看國王的樣子，非常可憐，這樣的惱怒，恐怕要立時昏倒罷。眼前又沒有仇敵，哪有方法解除他的惱怒呢？一轉念間，方法來了，就喊道，「國王，不必等仇敵罷！你要殺一個人平平氣，就殺了我罷！」

「傻子！傻子！」全場的百姓用呼叱豬狗的聲氣這麼喊。他們恨他打斷了國王的莊嚴的演說，一面又譏諷他的愚蠢。

忽然國王的怒容消滅了。他的眼睛發慈愛的光，滿臉堆著笑意，說，「你教訓了我了！我要打勝仇敵，你卻要代替仇敵死，這是我不如你的地方。以後我再不願打仗了！」

國王請傻子一同回宮，對面飲酒。知他是個木匠，就請他雕一個高大的牌樓，作為永不打仗的紀念。傻子雕這牌樓非常精工，有許多和平之神，手裡捧著樂器；許多獸類，貼伏地上，似乎靜聽音樂的樣子；更有茂盛的樹木花草，都呈歡樂舞動的姿態。牌樓雕成，行開幕禮的那一天，國王親手掛一個大花圈在正中，全國百姓歡呼慶祝，傻子被抬起來，高高臨空，大家向他身上擲花。

凡是走過牌樓下的，總指點道，「這是傻子的成績。」

一九二一，一一，一六。

燕子

一叢棠棣花，在綠楊樹的底下。開得多美麗呀！仿佛天空的繁星，放出閃閃的金光。頑皮的風時時推著搖著，棠棣怕羞，只將身子輕嫋。風覺得有趣，推著搖著，再也不肯甘休。棠棣的腰肢嫋得疲倦了。

在花叢的旁邊，躺著一個可憐的小東西。他張開嫩黃的小口，等待母親的慰愛的接吻。可是母親的吻在哪裡呢？這時他只是悲哀地叫。他有金光的羽毛，紅色的圍頸，真是個美麗的小東西。他背部的羽毛上有點血，表明他是受傷了。

他哪裡知道世間有傷害呢？他清早醒來，唱罷了晨歌，親過了母親的吻，嬌笑著對母親道，「我要去看看春天的景致，聽聽我們鄰族的歌聲，母親，讓我去玩一會吧！」

他的母親應允了，她親著他的紅頸道，「好好兒去罷，我的愛。」

他於是旅行了。他聽過了密語的流泉，看過了淺笑的鵑花，在小山的頂上唱了幾曲歌，在明麗的溪邊洗了一回浴。他覺得累了，須得休息休息，便停在綠楊樹上。

不知什麼地方飛來一顆泥彈丸，正中他的背心。他一痛，就跌下來，躺在棠棣花旁。小嘴修剔背上的羽毛時，沾著濕漉漉的東西。一看，紅的，不是血麼！他更覺得痛不可當，於是哀哭一般地叫。「母親在哪裡呀！你的愛受傷了。母親在哪裡呀！」

但是母親哪裡聽得見。

綠楊樹聽著他的哀叫，安慰他道，「可憐的小東西，你吃虧了。你不要相信世間沒有傷害呀！你的母親在哪裡呢？可惜我的手臂太柔軟。不然，我扶你起來了。」

池水聽著他的哀叫，安慰他道，「可憐的朋友，你吃虧了。你不要相信世間沒有傷害呀！你的母親在哪裡呢？可惜我的身子給河岸圍住，不得自由。不然，我替你洗去血汙了。」

蜜蜂聽著他的哀叫，安慰他道，「可憐的朋友，你吃虧了。你不要相信世間沒有傷害呀！你的母親在哪裡呢？可惜我的翅膀太單薄，不然，我抱著你，送你回家去了。」

棠棣花聽得他的哀叫，最親切，因為就在身邊。她覺得十分可憐，便甜甜蜜蜜地安慰道，「美麗的小東西，你的母親總會來的，不要啼哭。我這裡你暫時可以將息，我替你覆蓋，我替你看護。你好好兒將息一會罷。」

他聽了許多好意的話，似乎痛得好些。他小小的心裡想，「這些都是好意呀。但是他們都教我，不要相信世間沒有傷害。難道世間真個還有傷害麼？」

這一天小小的青子正放假。她獨自走到野裡，採些野花，預備送給她的小友玉兒。她穿著湖色的衫子，兩條小臂幾乎全露。軟軟的髮披在她的肩上，時時給風吹起。看她輕鬆的步子，知道她心裡，裝滿了快活。

她手裡有了紅的白的花，心想這鮮黃的棠棣花也得採一點。正要採時，一聲哀苦的叫使她住了手。原來一個可愛的小燕子躺在那裡。呀，金光的羽毛上有血斑呢！

她放下手中的花，將小燕子捧了起來；取出雪白的手巾，給他拭去血汗。更輕輕地撫摩他的羽毛；將右頰親著他，柔語道，「可憐的小寶貝，你吃苦了。是誰欺侮了你？是誰欺侮了你？現在你的痛苦過去了。我給你睡柔暖的床；我給你吃甜美的食；我給你做親愛的伴。你跟我回家去罷，小寶貝呀！」

小燕子睡在她的手掌上，又溫又軟，非常舒適。他又叫了，但不再含哀痛的意思，只有懷念的神情。「母親呀，我遇見可愛的小姑娘了。她歡喜我，帶我回家去了。你到她家裡看我罷。我很安好呢。但是，你要馬上來呀！」

綠楊樹、池水、蜜蜂、棠棣一齊放了心，和聲歡送道，「她是個仁慈的小姑娘。她能代行我們的心願。你跟她去罷。倘若你的母親到這裡來，我們會告訴她。再會了，幸福的小燕子。」

青子將小燕子帶到家裡，先去告訴了玉兒，順便送與採得的野花。玉兒聽了，非常歡喜，說她們必須好好兒給他調養，使他恢復活潑可愛的精神。於是她們倆有新鮮的事情做了。

青子調些很好的東西給他吃；玉兒採一種柔軟的草，鋪在一個匣子裡，做他的窠。他吃得很飽。受傷之後，有點疲倦，此時昏昏欲睡。青子和玉兒看護著他，輕輕地唱著睡歌道，「小寶貝睡呀！貓來打他，狗來罵他，小寶貝睡呀！」他漸漸熟睡了。

小燕子一覺醒來，只見兩個笑臉緊貼著看自己呢。他略一回思，便記起自己受傷被救的事情，「母親為什麼不來呀？你一定在尋我呢，我卻在這裡等你。小姑娘待我好，為什麼不將你也接來呢？」他懷念的淚滴下來了。

青子看了，心裡也覺得難過，舉起手巾輕輕按著眼睛。「小寶貝，且耐著。沒有方法尋到你的母親呢。暫將我這裡作你的家罷，好好兒靜養著，待你的傷勢復原。一面，我們加意找尋你的母親。」

小燕子只是滴淚。

玉兒說，「你善於唱歌的，定必喜歡聽歌，我唱一支歌給你解悶罷。」

玉兒唱了：

樹頭的紅哪裡來？
山頭的綠哪裡來？
紅襟的小寶貝呀，
你帶來的春消息！

綠碧池波哪裡來？
甘芳土氣哪裡來？
紅襟的小寶貝呀，
你帶來的春消息！

醉人暖風哪裡來？
迷人煙景哪裡來？
紅襟的小寶貝呀，
你帶來的春消息！

青子唱著和聲，使這個歌格外好聽。她面貼著匣子軟語道，「你總快活了，這個歌比你的怎樣呢？」

小燕子本來喜歡唱歌，現在聽了歌，禁不住也要試一試。他悲戚地唱了：

愛的母親在哪裡？
愛的母親在哪裡？
你的愛在這裡呀，
誰與你傳個消息！

你在山頭尋我麼？
你在水邊尋我麼？
你的我在這裡呀，
誰與你傳個消息！

我在這裡等你呢！

我在這裡等你呢！
我要睡你懷中呀，
誰與我傳個消息！

青子忽然拍著玉兒的肩道，「忘記了，我們何不替他在新聞紙上登個告白呢。」

玉兒馬上去取了鉛筆白紙來，口裡嚷道，「我來寫，我來寫。」玉兒寫以下的告白：

「親愛的母親，兒中了一個輕微的傷害，受了點傷。現在青子小姑娘留我在她家裡，一切都安適。你不要起一絲兒驚恐呀。可是兒盼望你立刻到這裡，盡你翅膀的力——但不要太乏力了。快來！快來！你所愛的小東西。」

青子笑著對小燕子道，「這就好了。明天你的母親在新聞紙上看見了這個告白，一定就來。現在可以收住你的悲戚了。」

小燕子方才不再滴淚。青子玉兒伴著他，講些黃金洞小女王的故事。晚上點起了掛燈，她們又在金色火光底下，唱些神仙的歌，直到他進了夢鄉。他在夢鄉裡，同他的母親去訪竹雞的家，小竹雞取出松子款待他，好不快活。

明天上午，他的母親急急地飛了來，一看見他便撲開翅膀抱住了。「尋得我心碎了！傷的什麼地方呢？可愛的……」

小燕子樂得只是流淚，他張開了黃的小口，不住地親母親的嘴。「你來了，一切都安適快樂了！何況傷口已經結攏，痛楚已經消失呢。」

「這回還是幸運，以後你不要相信世間沒有傷害呀。」

小燕子嬌語道，「我真實遇到的都是好意。傷害之來，我沒有知曉，可知他的性質是虛空的。我相信這是末一回了——遇到這虛空的傷害。」

「我們回家去罷。」母親甜蜜地說。

青子玉兒流淚了，她們捨不得他回家去，又不忍叫他不要回家去。

小燕子安慰她們道，「小姑娘，小姑娘，不要哭，我天天來望你們呢。我有新鮮的歌，總要唱給你們聽，我有好東西，總要送給你們，因為你們待我好。」

小燕子跟著母親回家去了。他每天來看望青子和玉兒，唱一回歌，又飛舞一回。每年春天，他從南方回來時，總帶些紅的白的珊瑚、美麗的貝殼給她們玩。

青子和玉兒見他來了，取出當時那個匣子說，「你又歸來了，這是你的舊居，來歇歇罷。」

一九二一，一一，一七。

一粒種子

世界上有一粒種子，同核桃這般大。綠色的外皮非常可愛。凡是看見他的人，沒有一個不歡喜他。聽說，若是將他種在泥裡，就能夠透出碧玉一般的芽來。開的花是說不出地美麗，什麼玫瑰花、牡丹花、菊花都比不上。而且有濃厚的香氣，什麼蘭花的香氣、梅花的香氣，芝蘭的香氣也都比不上。可是從沒有人種過他，所以也沒有人看見過他的美麗的花，聞過他的花的香氣。

國王聽見有這樣一粒種子，歡喜得只是笑；白而濃的鬍子包住他的嘴，仿佛一個樹林，現在樹林開了個深深的洞——因為笑得合不攏嘴。他說：「我的園裡，什麼花都有了，北方冰雪底下開的小白花，我派了專使去移了來；南方熱帶，像盤一樣的大蓮花也有人拿來進貢。但是，這些都是世界上最平常的花，我弄得到，人家也弄得到；又有什麼稀奇？現在有這樣一粒種子，只有一粒。等他開出花來，世界上就沒有第二顆。這才顯出我的尊貴和權力。哈！哈！哈！……」

國王就命人把這一粒種子取了來，種在一個白玉盆裡。泥是御園裡的，篩了再篩，只恐他不細。澆灌的水是金缸裡盛著的，濾了再濾，只恐他不乾淨。每天早晨，國王親自把這個盆從暖房裡搬出來，擺在殿庭之中。晚上又親自搬進去。寒暑表告訴他天氣冷了，就生起暖烘烘的火爐來。

國王睡夢裡，也想看盆裡透出碧玉一般的芽來。清醒的時候，不必說了，只在盆的旁邊等候。但是哪裡有碧玉一般的芽呢？只有一個白玉的盆，盛著灰黑的泥。

時間像逃跑一般地過去，國王種這種子已經兩年了，春草發芽的時候，他在盆旁祝福道，「春草回來了，你跟著他們來罷！」秋天許多種子發芽的時候，他又在盆旁祝福道，「第二批萌芽來了，你跟著他們來罷！」但是全沒效果！於是國王怒了。他說：「這是死的種子，醜陋的種子，惡臭的種子！我要他何用！」他就把種子從泥裡挖出來；還是從前的樣子，同核桃這般大，綠色的外皮非常可愛。他看了也覺討厭，就向池裡一丟。

種子從國王的池裡，跟著流水，流到民間的溪裡。漁翁在溪上打漁，把他網了起來，高興叫賣。

富翁聽見了，歡喜得只是笑；肥厚的面孔差不多打足了氣的皮球，現在臉皮只是不住地抖動——因為笑得不停。他說：「我的屋裡，什麼重價的東西都有了；拳頭大的金剛鑽，雞子大的蚌珠，都花了金錢買來。但是，這些也是別個富翁所有的；而且只講金銀珠寶，不免帶點俗氣。現在有這樣一粒種子，只有一粒。等他開出花來，既可以比過別個富翁，而且高雅得多了。這才顯出我的富足和優越。哈！哈！哈！……」

富翁就向漁翁買了這一粒種子，種在一隻白金缸裡。他特別雇了四個種花的人，專門看護這一粒種子。這四個種花的人都用考試法選取來的；用極難的題目，種植名花的方法，去考問他們，他們都能回答。選定之後，給他們很厚的工資，並且優待他們的妻子，使他們願意盡心竭力。這四人確能盡心竭力，輪班在白金缸旁邊看護，日夜不離。他們懂得種花的方法很多，一切照著所懂的做。他們知道什麼是最好的肥料，只選最好的肥料澆灌。

富翁想：「這麼養護這粒種子，發芽開花應得加倍地快。花開的時候，我便大宴賓客，同我相仿的富翁都請到，使他們看看我獨有的美麗的奇花。使他們佩服我是最富有、最優越。」他這麼想，刻刻向白金缸裡看。但是哪裡有碧玉一般的芽呢？只有一個白金的盆，盛著灰黑的泥。

時間像逃跑一般地過去，富翁種這種子也已兩年了。他春季宴客的時候，在缸旁祝福道：「我將宴客了，你幫助我，快點發芽開花罷！」秋季宴客的時候，他又在缸旁祝福道，「我又將宴客了，你幫助我，快點發芽開花罷！」但是全沒有效果，於是富翁怒了，他說，「這是死的種子，醜陋的種子，惡臭的種子！我要他何用！」他就把種子從泥裡挖出來；還是從前的樣子，同核桃這般大，綠色的外皮非常可愛，他看了就覺生氣，便向牆外一丟。

種子跳出牆外，掉在一家鋪子前面。商人拾了起來，大喜道，「奇異的種子掉在我的門前，一定是發財之兆！」他就種在店鋪旁，每天開店時候總去拜望一回，收店的時候也要去看一看。隔了一年多，還不見碧玉一般的芽透出來。商人不高興了，說，「我自

己發了癡，以為這是奇異的種子！原來是死的種子，醜陋的種子，惡臭的種子！現在不了，我還是好好兒想賺錢的好。」他就把種子挖起來，向街上一丟。

種子在街上躺了半天，給掃街夫同垃圾一齊掃在簸箕裡，倒在軍營旁邊。軍士拾了起來，大喜道，「奇異的種子給我拾得，一定是升官之兆！」他就種在軍營之旁。操罷的時候，就蹲在那裡等候他發芽，手裡抱著短槍。別的軍士問他做什麼，他只是不響。

隔了一年多，還不見碧玉一般的芽透出來。軍士惱了，說：「我自己發了癡了，以為這是奇異的種子。原來是死的種子，醜陋的種子，惡臭的種子！現在不癡了，我還是好好兒等打仗的好。」他就把種子挖起來，運出他所有的力氣，向很遠的空中擲去。

種子飛行了，仿佛乘了飛艇。落下來時，滾在碧綠一片的田裡。

田裡有一個少年農夫，他的皮膚曬得像醬的顏色；因為用力耕作，臂膊有一塊塊突起的筋肉。他手裡拿一柄四齒耙，在翻鬆田裡的泥。他下了幾耙，抬起頭來看看四圍，現出和平的微笑。

他看見種子落下來，說：「呀，一粒可愛的種子！」就用耙耙鬆了田中心的一方泥，把種子種在裡面。

他照常耕作，照常割草，照常澆灌——自然，種那粒種子的地方也耕到，也割到也澆到。

田中心的一方泥裡，有碧綠的一線露出了。隔幾天，碧玉一般的莖條挺出來了。再隔幾天，開出了一朵美麗到說不出來的花來，顏色是紅的。那朵花放出濃厚的香氣，誰走近他就沾在身上，永遠不退。

少年農夫看見了他手種的花，還是平時的態度，現出和平的微笑。鄉村的人齊走過來看新開的花。回去的時候，都現出和平的微笑，沾了滿身的香氣。

一九二一，一一，二。

地球

以前的大地，光滑渾圓，同皮球一樣。

為什麼後來有高起的山，山下有平地，更有低陷下去，盛滿了水的海呢？這裡邊有一個故事。

當初的人站在地球上面，大家都很安樂。饑餓的時候，採些樹上的鮮果來吃。鮮果的顏色很好看，取在手中已經可以把饑餓忘了；更兼味道香甜，吃到嘴裡，有形容不出的快樂。他們閒著沒事做，到處有唱歌跳舞的聚會。不只是人呢，好鳥、叢林、清風、流泉也和著唱歌；巨獸、大樹、小草、明星也跟著舞蹈。所以人覺得鬧熱極了，開心極了，不會啼哭，不懂得憂愁。他們倦了熟睡在地面時，和善的老太太似的月亮發出銀色的光輝，照到他們的臉上，你可以看見他們正在笑呢。

從遠的雲端吹來幾陣秋風，把果樹上的葉子吹了下來，光剩樹幹樹枝矗立在原來的地方。人開始驚怕起來，他們看樹上已經沒有了果子，自然再不能看見好的顏色，嘗到香甜的味道了。這還不要緊，最可怕的，若真個饑餓起來，怎麼可以熬得過呢？

各處的音樂會停止了，各處的跳舞會也停止了。大家喊道：

「我們困難的日期到了！我們困難的日期到了！不看見樹上已經沒有一個果子麼？」

「我們將吃什麼東西？我們將吃什麼東西？饑餓若來咬我們的肚皮，我們將怎樣呢！」

「大家想法呀！大家想法呀！不要給饑餓咬肚皮呀！」

有些聰明的人想出法子來了。他們說：「我們靠果子過活是靠不住的。我們要有種種東西，由我們耕種起來，由我們儲蓄起來，要吃的時候就取出來吃，使饑餓也沒有法子來近我們一近。這等東西現在已經尋到了，只要我們大家用力去耕種。」

大家聽了，歡喜得不得了，一齊拍手歡呼道，「我們得救了！我們不怕饑餓了！大家種呀！大家耕種呀！」

他們一面高呼，一面舉起鋤頭來，就在自己站立的地方下鋤。但是有些柔弱的人，他們拿不起鋤頭，只得立在那裡呆著。想到饑餓的可怕，不由得央求他人道：「你們種了東西出來，要給我們吃一點呢。我們是很好的朋友。你們要可憐我們，我們拿不起鋤頭呀！」

拿鋤頭的人聽了，心想這是很容易的事；況且種出來的東西餘多了積起來，也不過是一個吃掉罷了。就很願意地答應了他們。到收穫的時候，稻哩，麥哩，分給他們每人一份，同一切拿鋤頭的人一樣多。

耕種的時候總要扒去些僵土石塊。大家看柔弱的人所立的地方空著不耕，就將僵土石塊隨便倒在那裡。那裡慢慢高起來了。地面高起一些，柔弱的人就站立得高一些；好像水缸裡的水泡，缸裡的水儘管加增，水泡總浮在上面。

拿鋤頭的人照舊將耕種出來的東西給柔弱的人吃，每人一份，可是給與的時候，不比以前便當了，須要背了稻麥一類東西爬上土石堆，送給他們。背上的分量何等的沉重！又必須彎了背才得爬上去。因而壓得胸口幾乎著地了；呼吸像風箱一樣地大扇了；汗水同泉水一般從每一個汗毛孔裡流出來了。但是他們隨口唱著歌，就不覺得勞困了。他們的歌道：

他們是我們很好的朋友，
他們是我們很好的朋友。
他們拿不起鋤頭，我們拿得起鋤頭。
幫助他們一份稻，幫助他們一份麥，
橫豎我們有氣力。

柔弱的人接了禮物，懶懶地吃了，吃完了一份，第二份又送來了；送第三份第四份的人也正牛馬一般地背著東西爬上來呢。他們向下望時，只見土石堆已給人走成線一樣的斜路；路上送禮物的人腳尖接著腳跟，一頭一側地爬上來，很有些愚笨的樣子。於是白而瘦的臉上現出冷淡的微笑。

不好了，拿鋤頭的人耕種的地方，有好幾處忽然有了許多水，不能耕種了！水哪裡來的呢？這必須考查個明白。聰明的人看出來了。聰明人說，「你們要明白這個，只須去看柔弱的人站立的土石堆。那裡有低陷的徑路，不是涓涓不絕地流著水麼？又有大石的孔穴，不是急激非常地沖著水麼？地面的水就是那邊流注下來的了。若要問，那邊的水哪裡來的，那末我們的身體就是最初的源泉。我們送東西上去的時候，每一個汗毛孔就是一個泉眼呢。」

聰明人的話不錯，大家都相信了。但是有了水的地方不能耕種了，怎麼辦呢？後來想出一個法子，只有大家擠得緊一點，在沒有水的地方耕種。

一年一年地過去，拿鋤頭的人努力耕種，送東西到土石堆上去，都同以前一樣。汗水流在土上，滲入裡面，膠住了石塊。這是富有滋養料的汗，因而土面生出些青青的草、油綠的樹來。柔弱的人閒著沒事，側著深陷的眼睛，看著讚美道，「這裡應當叫做山。山上有這麼好的景致，美麗呀！」

山的四圍僵土石塊堆得愈來愈多，山愈加地高起來。因為高，送東西的人爬上去的時候愈加煩難。他們的汗流得更多了。汗從山上流下來，流到地面，地面積水的範圍自然更加擴大。他們只得更擠緊一點，就那沒有水的地方耕種。

到一個時候，送東西的人實在覺得不能再送了。假若再要送，要耽誤了耕種的時期。便同柔弱的人商量道，「我們實在沒有工夫送給你們了，這山路多麼長！你們自己下山來取罷。好在你們閒著沒事。」

柔弱的人搖頭，表出周身無力的樣子道，「我們這麼柔弱，哪裡背得動東西上山？你們要可憐我們，幫助我們。我們是很好的朋友呢。」

拿鋤頭的人看他們愁著臉，眼角裡似乎有點淚水，心就軟了。回答道：「既然如此，我們就送東西上山，照從前的樣子。我們有一天的氣力，耕一天的田地，總幫助你們一天。你們放心罷，不要憂愁了。沒事，望望野景罷。」

耕種的地方漸少，拿鋤頭的人擠得愈緊。然而種出來的東西不會因此加多。有些人上山送東西去，回來的時候，身體已經疲乏不堪，耕種的時期又錯過了，他們站立的地方就此荒了。鄰人見如此，節省下各人分內的東西分給他們，方得避免了饑餓。

這等情形漸漸多起來了，到末了大家看看自己的田地，都有些荒蕪的樣子。但還是湊出些東西來，送到山上去，同一切人所享用的一樣多少。本來吃得不很飽，又要走這斜險難走的山路，背上又要壓了沉重的東西；他們的肉瘦完了，只剩一張皮，包著骨頭，可以數得清數目。他們的臉皺了，他們的背彎了，他們的聲音沙了。倘若說，他們就是從前唱歌舞蹈的好手，誰都不肯相信呢。

有些人因而病了，病得幾乎要死。於是他們的慈愛的母親哭了，眼淚同線一般地流下來，同流到地面的水合並在一起。地面的水更大了，風起時，湧起波浪，同山一般高。

慈愛的母親望著自己的眼淚的儲藏所，哭著說道，「這個應當叫做海。海裡全是兒子們的汗同我的眼淚，悲慘啊！」

所以就是清明的天氣，你若到海邊去，總可聽得波浪的嗚咽悲哀的獨語。

以上就是地球分成山、海、平地的故事了。若問：山上的柔弱的人現在何以不看見呢？那末我順便告訴你們。他們柔弱得太厲害了，一代一代傳下子孫，身體儘管縮小，現在已縮到我們目力所不能看見的程度了。實則小草的根、樹木的皮上都是他們寄居的地方。不過以後再縮小，總要縮到沒有他們的一天罷。

一九二一，一二，二五。

芳兒的夢

芳兒看見姊姊採了好許多鳳仙花，白的、紅的、妃色的、碎錦的，將細線紮起來，紮成個大而圓的球。她紮好了，掛在窗前，看著只是笑。那個球搖晃不定，花瓣微微抖動，仿佛怕羞的樣子。芳兒就想道，「這差不多像個學生們踢的大皮球，掛在那裡做什麼？鳳仙枝上開了這麼一個大球，我就好踢了。現在姊姊只是對他笑，笑了，他就會升上天去罷？」

芳兒沒有想完，姊姊就回轉來問他道：「明天母親生日，你送什麼東西給她做禮物呢？你看我這花球多好！花是我種的，又是我採的，又是我紮的。母親看見了一定說我聰明，說我愛她呢。」

芳兒聽說就想：「姊姊有禮物，我自然也要送一點禮物。我的禮物比她好呢。送小獵狗罷？不行，小獵狗是母親給的，怎能就送還她呢？送積木罷？不行，積木是舅舅給的，母親帶回來的，怎能將她手裡拿過的東西就送給她呢？送大麗花罷？也不行，大麗花和鳳仙花同是花，怎能將和姊姊相仿的東西送給她呢？」

芳兒這樣想，心裡就不自在起來。他不要看大花球了，只坐在小椅子上默想。他想到樹林裡的香草，小坡上的小石子，溪邊的翠鳥，山泉裡的金魚，他想到一切家裡所有的東西，街上所有的東西，山野所有的東西，總覺得不適宜，不配送給母親做生日的禮物。他要一種世間所少有的東西，少到獨一無二的東西，給他取得了，送給母親。這樣總可使母親有夢中也想不到的歡喜，才可表示對母親的愛，是深到海也比不上的。

但是這一件東西在哪裡呢？

月亮兒起來得早呵，她在屋角窺芳兒呢。天井的一角亮起來了，閃在黑暗裡的籬笆上的游龍草也發出光彩了。記得日裡頭看這些游龍草，姊姊的新衣似地，鮮綠的地，繡上許多小紅花。現在顏色變了，紅的綠的都罩著銀光了。

芳兒被月亮窺了一窺，他的眼睛自然地抬起來。

「月亮姊姊，你出來得早呀！我要送一件東西給母親，做她生日的禮物。這件東西要美麗要稀有，要使母親有夢中也想不到的歡喜，要表示我對於母親的愛，深到海也比不上。你是聰明的月亮姊姊，一定知道這件東西，告訴我罷。」

月亮只是微笑。但是她走得近一點了，她的全身活潑潑地全對著芳兒了。

在月亮的旁邊，浮著些輕淡的雲兒。他們穿了潔白的衣裳，衣角和帶子飄起來，仿佛跳舞的女郎。他們恐怕月亮寂寞，所以陪著她；恐怕月亮力乏，所以扶著她。芳兒又告訴他們，並且請求道：「雲兒哥哥，你們伴著月亮姊姊出遊麼？我要送一件東西給母親，做她生日的禮物。這件東西要美麗，要稀有，要使母親有夢中也想不到的歡喜，要表示我對於母親的愛，深到海也比不上。你們是聰明的雲兒哥哥，一定知道這件東西，告訴我罷。」

雲兒們只是擁著月亮姊姊在深藍色的帷幕內跳舞，前進。

芳兒想他們玩得耳朵也沒有了，他們真開心。就將小椅子移到天井裡自己坐著，抬起了頭，爽性看他們跳舞。起先月亮跳著急促的小步，雲兒們一側一搖地跟著，白衣裳漂浮得更好看了。後來月亮似乎疲倦了，立定在中天。雲兒們也就慢慢地徘徊，等候他們的舞伴，這時候他們的衣裳直垂下來了。

芳兒趁這個當兒，又將心事說了，並且請求一回。他再留心看天，月兒雲兒正教他呢。月兒堆著笑，她的美麗的眼睛斜向旁邊。雲兒們從潔白寬大的衣袖裡伸出手指來，指著旁邊。芳兒看他們的旁邊，不是無數燦爛的星兒麼？原來月兒美麗的眼睛就看著星兒，雲兒的衣袖裡伸出的手指就指著星兒。

芳兒快活極了，他明白了。心裡想道，「這才是最妙的禮物呢。月亮姊姊雲兒哥哥們真聰明呀！姊姊送一個花球，我送一個星環。明天我將這星環親手套在母親的頸間，耀眼的光從母親身上射出來，豈不美麗？人家的母親戴什麼珠環、寶石環，那些都是人世找得到的東西。我卻贈她一個星環，豈不是稀有的麼？她哪裡料得到有這個東西呢？當我給她套上頸間的時候，她自然有夢中也想不到的歡喜了。別人又哪裡想得到送這個東西呢？獨有我送這個東西，不因為我對於母親的愛比海還深麼？」

芳兒這樣想著，就謝謝月亮和雲兒們。並且給他們祝福道：「願你們永久美麗，永久快樂，永久笑，永久跳舞，永久幫助我、告訴我所想不到的事。」

這時候芳兒的姊姊也到天井裡乘涼了。她端了一張籐椅子，坐在芳兒旁邊。她臉上還只是笑，她正想鳳仙花球怎麼美麗，母親怎麼喜歡呢。

芳兒拿住姊姊的手，貼在自己的臉龐上，眼睛看著姊姊，輕輕說道：「我已想到了送母親的禮物了。好得很呢，比你的花球好幾百倍。但是不告訴你。」

「什麼東西呢？好弟弟，說給我聽罷。」

「不說，你明天看就是了。這個東西近在眼前，遠在天邊，美麗到沒有一件東西比得上，稀有到大家不曾有過。」

芳兒的姊姊猜了好許多東西，香草、小石子、翠鳥、金魚，一切家裡所有的東西、街上所有的東西、山野所有的東西都猜到了。芳兒只是笑，只是搖頭。姊姊著急了，一手從芳兒手裡脫出，同那一手合十起來，拜著央求道，「拜拜你，好弟弟，告訴了我罷！我一定不告訴別人，連枕兒、席兒也不告訴他們。好弟弟，說罷！」

「你一定要我說，先依我一件事，我們先來跳一回繩。跳完了，我再告訴你。」

於是姊弟兩個跳繩了。這時候月亮的光直射下來，天井裡的一切都罩著銀光，他們兩個全身浴在銀光裡。他們跳的時候，短短的影子在地上舞動；姊姊的髮散亂了，更增加影子的美麗。起先是平常的跳，後改反跳，交了手跳，終於兩人合跳。小足像點水的燕子一般，剛著地又離地了。繩子從足下閃過，幾乎分辨不清楚，只見他們包在一個虛空的大圓球裡。

姊姊微微地喘息了，芳兒已滿面是汗了，才停止了跳繩。芳兒坐在小椅子上，一手拭著額上的汗。姊姊催著他道，「現在依了你了，你好說了。究竟是什麼東西？」

「我的禮物是星的球。」

白羅帳裡面，芳兒睡得熟了，他的面容如笑，他的呼吸很平和，他應當有可愛的夢呢。

他起身了，被月亮姊姊催起的。他看月亮姊姊穿了一身淡藍的衣裳，笑的時候露出銀樣的牙齒，覺得十分可愛，就投到她的懷裡。她拍著他的背心說道，「你忘了要送禮物給母親麼？要去取，跟我去，我來領著你。」

芳兒想著了，很感激她，便催她動身。她攜了他的手，甚至飄飄地上升了。芳兒兩足在空中移動，步步都似乎踏著實地，自覺只管離開地面了。望下看去，好大的銀被，蓋著睡眠的地球。更看月亮姊姊，淡藍衣裳給風吹起，飄成波浪的紋，真像一位仙人呢。

芳兒的兩足越移動越快，也越覺得輕鬆靈便。看看星兒們，近得多了；粒粒像荔枝一般大，光明耀眼。不一會，已經到了星兒的群裡了。四面一看，仿佛進了結滿果子的樹林裡，手邊足邊都可以隨手採取。再看自己身上，照著形容不出的光亮，連汗毛的根都看得清楚。他快活極了，便動手拾得。

這是很容易的，他拿一顆星兒非常地輕，似乎沒有分量的，就一連取了幾百顆；將衣裳兜著，快要滿了。月亮姊姊給他一條美麗的絲繩，教他穿起來，做成頸環。他依她做了。

美麗的頸環！這是從來沒有的；現在卻在芳兒手裡，他要拿去送給母親，做她生日的禮物了。

他心急得很，要教母親有夢中也想不到的歡喜，要表示自己對於母親比海還深的愛。他就帶了星環，匆匆跑到家裡。剛跨進門，口裡就喊道，「母親你在哪裡？我送你一件禮物，美麗的禮物，稀有的禮物！」

母親走了出來，就抱他在懷裡。他挽轉小臂，將手裡的星環套到母親的頸間。形容不出的光亮從母親身上射出來，母親就是一位仙人了。他自己不是個小仙人麼？因此快活得手和足都舞動起來，母親臉上現著慈愛的笑。

芳兒手足一舞動，他的夢醒了，母親正伏在枕旁看他；她的臉上正就現著夢裡所見那樣慈愛的笑。

一九二一，一二，一六。

新的表

我們大家看見過鐘，看見過表，並且能夠懂得鐘和表告訴我們的。什麼時候應當從床上起來了，什麼時候應當去做事了，什麼時候應當休息了，鐘和表都能告訴我們。我們依了他們告訴我們的做，一切事情都很好，不會匆忙，不會來不及。

誰知愚兒卻有個關於表的故事；他因不懂得表，耽誤了許多事體，鬧了許多笑話。現在講出來給大家聽。

愚兒一個是八九歲的孩子。他有一種脾氣，沒有事做，他會得不動不響地過下去。東邊靠一靠，靠了大半天。西邊立一立，立了三點鐘。不知多少次了，父母以為他已到學校裡去，隨後卻看見他立在門前，呆呆地不動也不響。有時候他在桌子上弄唾沫，吹出大的小的泡兒來。這樣做下去，連睡眠也忘了，直到母親拖著他到床上去。

他的脾氣只是不改，而且越來越厲害。有幾次到學校去，在街上看鞋子店裡的人扎鞋底，看了整整的一天。飯也沒有回去吃，頭也不曾轉一轉，後來家裡人不見他歸家派人找尋，才把他拉了回去。因此父親同母親商量道，「這太不成事體了。照他這樣的脾氣，不要說讀書讀不好，將來離開了我們，連吃飯都想不到，豈不很危險麼？這必得想個方法才好。第一要緊的，要使他知道什麼時候應當做什麼事。時候一步一步地過去，事情也一件一件地做去。你看用什麼方法最好？」

「我倒有個法子，現在說給你聽。他的脾氣壞在不懂得時候，所以不能知道什麼時候應當做什麼事。我們若教他懂得時候，他就能夠按照時候做事了。教人懂得時候的東西，最妙是鐘表。我們給他一個表罷。」

父親聽母親的話說得很有道理，就買一個表給他。這是個美麗的表，銀樣的殼子，照得出他的面龐。白磁的面，畫著烏黑的字，長的短的三支針兒，都發出明亮的光。形狀同圓的餅乾差不多，取在手中，真覺得輕巧可愛——雖然不能送到口裡去吃。

父親叮囑他道，「你不懂時間，天天誤了你所要做的事。現在給你這個表，他能隨時告訴你什麼時間，你應當按著他所告訴你的什麼時間，去做什麼事。你看，到這個時候便起身，到這個時候便入學校，到這個時候便歸家，到這個時候便溫課，到這個時候便睡眠。記著，你就不至於再犯從前的毛病了。」

父親指給他看的，是寫著6、7、4、5、9幾個字的地方。他記住了，牢牢地記住了。他將表捧在手裡，眼睛只看著表面。看見一支針指在7字的地方了，馬上掛了書包跑出門去。在路上一面走，一面看著表。還沒有走到學校，那支針已指在9字的地方了。他就回轉身來，跑到家裡，書包也來不及拿去，就掛了書包躺在床上。一手舉起那個表，仰著面，眼睛向上看著。那支針很奇怪，雖然看不出他移動的痕跡，卻確然時時變換指示的地方。真是個魔術的東西呵！

那支針指在一個地方，他所留心的寫著4字的地方了。他想到父親告訴他的話，指在這個地方的時候便歸家。但是現在已在家裡了，而且在床上了，再歸到哪裡去呢？記錯了父親的話罷？反復想了十遍二十遍，一點也沒有記錯，父親確是說，指在這個地方的時候便歸家。一定是這個表作怪了。便起身奔到父親的辦事室裡。

父親一看見他，覺得奇怪，說道，「你的毛病還沒有好！我已給你一個表，叫你看著他做事，怎麼此刻還在這裡！已經忘了我的話麼？」

「不，不，我完全沒有忘記。這個表作怪呢！我看見針指在這個地方，馬上

到學校。這不是你告訴我的麼？還沒有走到學校，針已指在這個地方，我便跑回來睡眠。這不也是你告訴我的麼？但是現在不對了，現在已指到應當歸家的地方——而且過了，我已在家裡，歸到哪裡去呢？若不是這個表作怪，一定是你的話說錯了！」

父親聽了大笑道，「原來你沒有弄明白，我再告訴你。你要看比長針短、短針長的那支針指在什麼地方，就按時去做什麼事。剛才你看錯了，看了長針了。去罷，不要再耽誤了別的事。」

他聽了只是點頭，表示從此明白了。趕到學校裡，課還沒有上，但是早操的時間過了。先生訓誡他說，「你不想長進麼？你最貪懶的日子索性不來；今天來了，又是這麼晚！早操向來沒有你的分，難道你這身體是別人的麼？」

他心裡明知今天出來得很早，只因看錯了表，才耽擱得晚了，但是不敢回答先生，怕先生和同學要笑。上第一課了，他坐在課室裡，刻刻想著手裡的表，比看書用心到一百倍。看看那支比長針短、短針長的針近了，近了，將近9字的地方了。他想了再想，這一回總不錯了，那末回去睡眠罷。便向先生請假，說要回家去。

先生問他為什麼要回家，他回答說要回去睡眠。這使先生驚異了，很著急地問道，「什麼回去睡眠！不舒服麼？寒熱麼？瘧疾麼？」

他只是搖頭。先生更為奇怪，高聲道，「既然身體沒有什麼不舒服，哪有此刻回去睡眠的道理？不許回去！」

他於是哭了，哭得眼淚如雨一般地滴下來。惹得同學都笑了。有幾個輕輕地說他道，「他要回去吃奶呢。他的母親露出了肥大的乳房等著他呢。」

他聽著，哭得更厲害了。先生以為他發了癡，或者心裡有別的不高興的事，一定要叫他說出要回去睡眠的理由來。他一面拭眼淚，一面嗚咽地說道，「我的父親新給我買一個表，他告訴我，那支比長針短、短針長的針指到什麼地方，就要按時去做什麼事。他告訴我，那支針指在9字的地方的時候，就該去睡眠。現在指到9字了，所以我要請假回去睡眠。不然，違背了父親的話是很不好的。先生如不信，給表你看。」

他說著，將表給先生看，那支針已移過9字的地方一些了。先生聽了大笑道，「原來你沒有弄明白，我來告訴你。那支針，那支比長針短、短針長的針，一晝夜要繞兩個圈子呢。從夜間到午間一個，從午間到夜間又是一個。所以早上和晚上都要指著9字的地方一回。你父親告訴你睡眠的時刻，是說的晚上指著9字的時候呢。哪裡是這個時候？」

「還有這麼一個道理麼？」他說著，只是點頭，表示從此全明白了。許多的同學又是一場大笑，下課後說他鄉下人似的，哪裡配用什麼表。他只得當作不聽見，一個人立在牆角裡，偷看手裡的表，恐怕誤了以後的時刻。

這天下午，那支針指在4字的地方的時候，他趕緊跑回家去。指在5字的地方的時候，他拿出課本來溫習，指在9字的地方的時候，他就向父親母親說，「睡眠的時候到了，我去睡了。」

父親母親看他這樣，心裡十分歡喜，讚美他道，「你好了，你的毛病給一個表治好了。以後依著表告訴你的時候做事，你能成功許多的事呢。現在去睡罷。」

他聽了很是歡喜，爬上了床，躺下來，臉上只是笑。笑笑竟笑得熟睡了。一個表還執在手中呢。

明天他醒來，窗上已照著耀眼的日光，他想起了手中的表，想起了起身的時候到了沒有，急忙看那支針指著什麼地方。遠得很呢！遠得很呢！現在正指著一個3字，轉過兩個字，才指到6字呢。他就躺著等他，等他指到6字，再預備起身。

又作怪了，那支針只是指在3字上，好似這3字有什麼魔力把他吸住了。他眼睛看著表，肚裡很覺饑餓。但是不願不依時刻起身，只得等著；心想那支針總要轉過去的。

母親看他還沒有起身，走到床前看他，他的眼睛張得很大呢。便催他道，「起來罷，時候不早了，到學校又嫌晚了。」

「不能起來，不能起來，我要遵守時刻呢。」

母親聽了很奇怪，以為他還在說夢話。可是看他大大地張著眼睛，看著手裡的表，明明是清醒的了。便說道，「你要遵守時刻，更當趕快起來，否則到學校裡要脫課呢。」

他也不回答，只是看著手中的表。母親摸不清頭腦，再三問他為什麼不肯就起身。他才答道，「你看那支針還沒有指到6字的地方呢。等指到這個地方的時候就起身，這是父親告訴我的。」

他說著，將表給母親看，確然那支針指在3字的地方，沒有到6字的地方。母親大笑道，「原來你沒有弄明白，我來告訴你。這個表的機關停了，須得將這個機關這麼地旋，他就再走了。你若不開他，要等他指到6字的地方，那是等一千年也等不到的事。」

母親將機關開足，並且將針兒旋準了，授給他。他看著只是點頭，表示從此全明白了。趕緊起身，收拾停當，跑到學校裡，第一課已過去了一半了。

可是從此之後，他真個全明白了。自己能開機關，能夠弄準行走的快慢，按照表所告訴他的時刻，每天把逐件事做去，都做得很好。

一九二一，一二，二七。

梧桐子

許多梧桐子，他們真快活呢。他們穿了碧綠的新衣，一齊站在窗沿上遊戲，四面張著綠綢的幕；風來時，綠綢的幕飄飄地吹動，像個仙人的住宅。從幕的縫裡，他們可以看見深藍的天，天空的飛鳥，仙人的衣服似的白雲；晚上可以看見永久笑嘻嘻的月亮，美眼流轉的星，玉橋一般的銀河，提燈遊行的螢蟲。他們看得高興，就提起小喉嚨唱歌，那時候間壁的柿子也唱了，下面的秋海棠也唱了，階下的蟋蟀也唱了。唱歌時有別人來和著，這是何等的有趣。所以他們真快活呀。

裡邊有一粒梧桐子，他不但歡喜看一切美麗的東西，唱種種高興的歌兒；他還想離開了窗沿，出去遊戲。他羨慕飛鳥；他羨慕白雲；他羨慕螢蟲。以為若能同他們一樣，一定可以看見更多的美麗的東西，唱出更多的高興的歌兒。這不是難辦的，一飛飛開去就是了。於是他告訴母親道，「我要出去遊戲，到處飛行，像飛鳥、白雲、螢蟲們一樣。我就可以看見更多的美麗的東西，唱出更多的高興的歌兒。回來的時候，我要講給你聽所看見的，唱給你聽所能唱的。」

他的母親搖搖頭，身體也搖了幾搖，很和善地說道，「你本當出去遊行的，哪有不許你去的道理？可是現在你身體還沒有強壯，且等待幾時罷。」

他聽了沒有話說，心裡卻不大高興。看看自己，身體很肥胖結實呢。他斷定母親實在不肯放走；說什麼身體還沒有強壯，不過推託罷了。就決意不告訴母親，偷自飛去。但再一思想，又有些害怕。飛到外面去有什麼災害罷？獨自來往，找不到個同伴罷？這等都是可怕的。於是對他的哥哥弟弟們說道，「你們羨慕飛鳥麼？羨慕白雲麼？羨慕螢蟲麼？你們要看到更美麗的東西麼？唱出更高興的歌兒麼？你們是做得到的，只要跟我走。我們同飛鳥、白雲、螢蟲一樣，也可以到處遊行的呢。」

他的哥哥弟弟們性情都和他差不多，哪一個不喜歡出去看看廣大的世界？便拍手大呼道，「我們去呀！我們去呀！」

他們就換了褐色的旅行衣，在窗沿下等待。那時候綠綢的幕換了黃錦的了，而且減少了許多，因為太陽的光不覺得太炎熱了。風從稀稀的幕間吹來，他們乘著風勢，想離開了窗沿飛去。誰知身體搖了幾搖，還是站在窗沿之上。只有他一個飛去了。

他是何等起勁呀。他自以為領了頭，帶了許多哥哥弟弟們去遊行這廣大的世界了。所以頭也不回，只是一會高一會低地飛行。後來覺得有點力乏了，才回轉頭去招呼哥哥弟弟們。呵呀，不好了！他們哪裡去了呢？心裡一慌，身體就筆直地掉下去了。

剛掉下去的時候，他頭腦裡一陣模糊，不知到了什麼地方了。後來漸漸清醒，四面一看，原來在田旁。看見一個十五六歲的小娘子正在種菜秧呢。他才想起了哥哥弟弟們，不知什麼時候，他們離開了自己去了。現在要去尋他們，那是何等的不容易。但若不去尋，獨個兒遊行，總有點不敢。想他們總在附近的地方罷，便欲縱身飛起來看一看。哪知一動也不能動！

他著急了，眼淚也自然流出來了。看看四面，只有這個小娘子，或者她能夠幫助一點，便帶著哭聲說道，「小娘子，你看見我的哥哥弟弟們麼？他們往哪裡去了呢？願你告訴我，可愛的小娘子。」

但是小娘子仍舊種她的菜秧，似乎沒有聽見他的話。她種滿了六畦的菜，穿上了放在田旁的那件青布衫，兩手扣著鈕子，眼睛看著地面。她看見了他，就把他拾了起來。

他在小娘子的手裡了，周身觸著柔軟的肉，而且溫暖，覺得非常舒服。因此就不哭了。心裡還想，她大約知道哥哥弟弟們所在的地方的，現在她把我送去了。她真是個可愛的小娘子。

小娘子到了家裡，把他放在沿窗的一張桌子上。他以為到了哥哥弟弟們所在的地方了，急忙向四面看。但是哪裡有一個呢！他又憂愁了，喊道，「小娘子，我不要到這裡來，我要找我的哥哥弟弟們。你把我送到他們那邊去呀！」

小娘子一聲也不答應。她拍去了衣服上的灰塵，走到沿窗，取起他來，用手指撚著玩弄。他如在搖籃裡一般，一搖一側，很覺舒適。她撚了一會，又丟他起來，再將手心接著；這樣一回一回地玩弄。他身體一高一低，又快又穩，倒也覺得有趣。不過想起離開了哥哥弟弟們，就不免不高興了。

小娘子被母親喚去了，他仍被棄在沿窗的桌子上。他心想更無望了，她又離開了。當初站在家裡窗沿上的時候，總以為一出去之後，要到哪裡就哪裡，身體很自由的。誰知現在自己做不得主，一動也動不得。不要說四處去遊行了，就是要想回家去看看母親，問問哥哥弟弟們的消息，又哪裡能夠呢？他一點辦法也想不出，只有對著淡淡的太陽光嘆氣。心裡方才懊悔沒有聽了母親的話。若是等她說「你的身體強壯了，可以出去了，」那時候定可以自由地飛行，到各處去呢。可是懊悔也來不及了。

窗外飛來一隻麻雀，歇在桌子上對他看，頭側了幾側，身體跳了幾跳，就「居且居且」地叫了。他想麻雀或者知道哥哥弟弟們的消息，便央求他道，「麻雀哥，你看見我的哥哥弟弟們麼？他們往哪裡去了呢？願你告訴我，可愛的麻雀哥。」

但是麻雀仍舊側動著他的頭，跳躍著他的身體，「居且居且」地叫；似乎沒有聽見他的話。他叫了一會，就一口銜了梧桐子，飛向窗外去了。

梧桐子在麻雀的口裡了，周身覺得很潮潤；麻雀的舌頭時時觸著皮膚，仿佛在那裡替他搔。他本來很乾渴了，身體又有些癢，所以很覺舒服，於是又快活起來了。心裡還想，他大約知道哥哥弟弟們所在的地方的，現在他把他送去了。他真是個可愛的麻雀哥。

不知怎麼，麻雀的口忽然一張，梧桐子就從半空中掉下來了。還沒有著地的時候，他心裡萬分著急，想道，「不好了，又要掉下去了！這回比第一回高得多，一著地，一定沒有性命了！我的母……」他還沒有想完，著地了，一點也不知道了。

實在他好好地躺在和軟的泥床上。落了幾陣春天的雨，吹了幾陣春天的風，他醒了。自己一看，褐色的旅行衣不在身上了，卻穿了一身比從前綠得更鮮麗的新衣。四旁的鄰居都是些草兒們，他們的新衣也一樣地可愛呢。他覺得很有意思；他覺得不寂寞了。但想起了母親和哥哥弟弟們，不知他們現在是怎樣情形了，總覺得心裡不大暢快。

他慢慢地長大了，那些鄰居的小草們本來同他一樣高的，現在只齊他的腳踝了。他的身軀很挺拔，筆直立在那裡，真是個美麗的少年。那些小草們都羨慕他，同他很要好。他們常常說道，「你是我們的領袖，你是我們的領袖。你跳舞的時候，我們也跳。你唱歌的時候，我們也唱。不過我們的身軀太軟了，不及你的姿勢好看；我們的喉嚨太細了，不及你的聲調好聽。但是這有什麼要緊呢？我們裡面有了個你了，你是我們的領袖了。」

他很感激他們的好意，所以情願做他們的保護人；狂風來的時候，大雨下的時候，總給他們遮護了。

有一天飛來一隻燕子，歇在他的肩上。燕子本來是當郵差的，他看見了很是喜歡。就寫了一封信交給燕子道，「燕子哥，善良的郵差，我這裡有一封信，給我的母親和哥哥弟弟們的。我不知他們在什麼地方。請你為我去探聽，探聽到了，將這封信給他們一個一個都看到。最好帶了回音來。多謝你，好的燕子哥！」

燕子答應了這個託付，帶了信去了。不到一天，背了一大袋的信回來了。向他道，「你的信來了，他們都有回信給你呢。」

他快活得說不出話，只是嘻嘻地笑。先拆開母親的信來看，裡面說道，「你的消息來了，我很快活。我現在很好。你的哥哥弟弟們同你一樣的到別處去了；但是常常有信來。現在告訴你一件事，你一定歡喜聽的，就是你又將有許多小弟弟了。」

他又拆開哥哥弟弟們的許多的信，大概是以下這些話：

「那一天你太要緊，先去了。但是我不久也離開了家。現在在王家的花園裡。」

「我離開了家的時候，耽擱在李家的屋簷上。後來他們修屋，匠人把我掃了下來。就住在他們的天井裡了。」

「我最有趣，到過一位很美麗的女子的口裡，耽擱了一分鐘。」

「你的新衣是什麼顏色？我的新衣綠得真美麗呢。」

「我將有孩子了；你將來可以來看看你的侄子們。」

他看完信，心裡安定了。他們都很好地在那裡，自不用過分地想念。每隔幾天，寫封信去問問就是了。好在燕子天天來問有沒有信呢。

他至今很快活地站在那裡，挺拔的身軀只顧高了。

大喉嚨

一處地方，有許多工廠。工廠屋面上都矗起幾個煙囪，濃黑的煙從煙囪裡湧出來，好像魔怪的頭髮，越伸越長，越長越亂。有時候這一個魔怪的頭髮同那一個魔怪的頭髮纏住了，纏得解也解不開了；那些街上的小孩子都喊道，「你們看魔怪打架了。」好容易來了一個和事老，含著一口和平的氣，輕輕地對他們吹著。他們的頭髮才慢慢地解了開來。

工廠裡還有一個氣筒，家家有的，他的職司，專門張著口大喊；十里路以內都能聽見。所以大家叫他做「大喉嚨」。早上天還沒有亮的時候，他盡他的職司，嗚嗚地喊起來。許多老的少的男的女的聽見了，便三腳兩步趕到工廠裡去。晚上天剛黑的時候，他又盡他的職司，嗚嗚地喊起來。於是許多老的少的男的女的從工廠裡走出來，懶懶地踱回家去。

大家都說，「大喉嚨的叫喊，我們不能不聽從呵。他喊著，我們必定要趕快跑進工廠去；他再喊著，我們方能回到家裡。假若我們不聽從他，要想隨意出進，工廠的門就關著了。怎麼可以進去呢？怎麼可以出來呢？」

人家的嬰兒身體貼著母親的胸懷，小嘴銜著母親的乳頭，睡在床上。這多麼溫暖，多麼舒服。因為吸了甜蜜的奶，連睡眠的滋味也甜蜜了。嗚嗚嗚，大喉嚨在那裡喊了。嬰兒嘴裡的乳頭沒有了！這時候四面漆黑，只得伸出小手去摸。哪裡有乳頭呢？而且身體冷起來了，儘管儘管冷了！於是嬰兒哭了。哭到太陽來望他的時候，他四面全看到，哪裡有母親的影子呢？

嬰兒天天遇到這等的情形，他就留心查察，到底母親的乳頭在什麼時候逃走的呢？後來被他查察出來了。只聽得大喉嚨嗚嗚地一喊，母親的乳頭就逃走了。嬰兒便想，「倘若大喉嚨不喊，母親的乳頭一定不會逃走的。這必須同大喉嚨去商量，請他不要喊，那就好了。」想定了，就到大喉嚨那邊去。

更有一個夢仙，她同一個少年很要好，睡在一起。她的手抱了他，他的手也抱了她。這何等的不寂寞，何等的有趣味。嗚嗚嗚，大喉嚨在那裡喊了。夢仙抱著的少年沒有了！這時候四面漆黑，只得伸出兩手，滿床亂摸。哪裡有少年呢？她就覺得很寂寞，覺得沒有趣味；於是嗚嗚咽咽地哭了。哭得晨興鳥唱著好聽的歌來勸慰她的時候，她全屋子都尋到，田野裡山嶺上都尋到，哪裡有少年的一絲一毫呢？

夢仙天天遇到這等的情形，她就留心查察，到底抱著的少年在什麼時候失去的呢？後來被她查察出來了。只聽得大喉嚨嗚嗚地一喊，抱著的少年就沒有了。夢仙便想，「倘若大喉嚨不喊，抱著的少年一定不會失去的。這必須同大喉嚨去商量，請他不要喊，那就好了。」一想定了，就到大喉嚨那邊去。

更有一個瞎眼的老婦，她同她的丈夫睡在一起。年紀老了，睡了常常要醒；同丈夫隨便談話，倒也不覺得什麼。丈夫還講些外面的景致給她聽，什麼地方的樹綠了，什麼地方的花開了。她就仿佛沒有瞎了眼。嗚嗚嗚，大喉嚨在那裡喊了。丈夫的聲音忽然沒有了！她提高了喉嚨喊，當他是睡熟了，叫他醒醒。哪裡有回答呢？她就覺得害怕，覺得夜的長。瞎了的眼睛裡眼淚不大豐富，但也一滴一滴地滴個不歇。哭到鄰家的小孩子因為追麻雀而闖進來的時候，她就託他看她的丈夫在哪裡。孩子連地板縫裡都尋到，哪裡有她的丈夫呢？

瞎眼的老婦人天天遇到這等的情形，她就留心查察，到底丈夫在什麼時候走開了的呢？後來被她查察出來了。只聽得大喉嚨嗚嗚地一喊，丈夫就急匆匆地溜了出去了。瞎眼的老婦便想，「倘若大喉嚨不喊，丈夫一定不會溜走的。這必須同大喉嚨去商量，請他不要喊，那就好了。」想定了，就到大喉嚨那邊去。

嬰兒、夢仙、瞎眼的老婦三個人在一條路上走，他們講話了。大家說出來，都是到大喉嚨那邊去的，就此結為同伴，攜著手前去。

嬰兒道，「我從不會好好兒睡眠，當母親的乳頭逃走的時候。我每次想含住他，不放逃走，但是做不到。想來大喉嚨有什麼糖兒花兒在那裡誘引我的母親罷。不然，為什麼他一喊，她就去呢？他把她喚去了，我太苦了。必須同他商量去。」

夢仙道，「我的那少年他愛我呢。他無時無刻不想找我，他說遇到了我他才得休息呢。但不知道為什麼不能和我在一起多休息一刻；聽得大喉嚨一喊，他就迷迷糊糊地去了。想來大喉嚨有什麼魔術的罷。不然，那少年怎肯離開了我去呢？我可憐那少年，我愛那少年。必須同大喉嚨商量去。」

瞎眼的老婦道，「我睡不熟，丈夫也睡不熟，夜又長，大家談談說說，還可以過得去。但是他總是說到半中，匆匆地溜走了。待我喚他，他已經在幾里之外了。想來大喉嚨有老酒請他的罷。不然，他怎麼情願丟下了我去呢？我瞎了眼睛，一個人在家裡很怕。所以必須同大喉嚨商量去。」

他們講著自己的事，不覺已到了大喉嚨的地方了。他的地位很高呢，同煙囪差不多高。口向著天，張著，只等時刻一到就喊。他真是個能盡職司的。

嬰兒抬頭一看，第一個膽小起來；這樣的高，怎能上去同他說話呢？瞎眼的老婦也是叫苦，從來沒有練過跳高，怎能升高呢？幸虧夢仙的身子很輕，輕到沒有分量。她自己同雲一般地浮起來，毫不費事；還能夠把嬰兒和瞎眼的老婦托起來。他們才到了大喉嚨的面前。

他們就將自己的心願都向大喉嚨說了。末後一齊說道，「請你閉著口罷，不要嗚嗚地大喊。我們不願意失掉母親的乳頭、少年和丈夫呢。」

大喉嚨聽了，又看他們很可憐的樣子，笑說道，「我的口是張慣了的，不能聽了你們就閉攏來。可是我沒有知道我這麼一喊便苦了你們。現在你們來說起了，我很可憐你們。以後我不高興盡職司了，我不喊了，你們放心回去罷。」

他們聽見大喉嚨的話，快活極了，反覺有點不相信；都問他道，「真的麼？」

「哪有騙你們的，你們只消看以後天光大亮的時候，母親的乳頭還在口裡，少年還在懷裡，丈夫還在床裡。去罷，我的小弟弟，我的好姑娘，我的老太太。」

嬰兒便同大喉嚨親了個吻，夢仙同他跳了一回舞，瞎眼的老婦也同他握了一握手，表示感謝他的意思。於是他們回去了。在路上三個接連著唱道，我要吸甜蜜的奶，睡在母親的懷裡。
我要永久這樣，
現在有希望了！

我要每夜抱著可愛的少年，使他多多安息。
我要永久這樣，
現在有希望了！

我要老伴伴著我，在無論什麼時候。
我要永久這樣，
現在有希望了！

天亮了，太陽照在大喉嚨的口上了，他只是默默地不響。走過的人催他道，「你失職了，還沒有喊呢。趕快喊罷！」

他依舊張口向天，理也不理。煙囪裡魔鬼的頭髮全剪去了，一絲也沒有飄出來，他們再不能玩打架的把戲了。

嬰兒含著母親的乳頭，睡得很甜蜜。小面孔上全是笑意。

夢仙抱著少年，一響也不響，讓他得充足的休息。

瞎眼的老婦靠在丈夫旁邊，說說笑笑，仿佛新娘子同新郎這樣的快樂。

大喉嚨真的不喊了。

一九二一，一一。

旅行家

很遠很遠的一個星球上，有個旅行大家。土星、木星、天王星、海王星，他都遊歷過。回家休息了一年，覺得住在家裡太氣悶了，又想出去遊歷遊歷。他就提了個皮包，走出了家裡。到什麼地方去呢？他想總要到個有趣的地方去；聽說地球上面有許多人，而且那些人是很聰明的，他們能夠想出種種聰明的方法，造成了種種聰明的器具，大家過很好的生活。這地球一定是個有趣的地方，倒不能不去看看。他這麼想，就決定遊歷地球。

他先寄了一封信到地球上，告訴地球上的人說，自己要到地球上遊歷了。地球上的人立刻忙起來了。要想出很客氣的方法來歡迎他，因為他從很遠很遠的一個星球上來，是個應當尊敬的客人。後來決定在東海邊上，紮起一個極大極大的牌樓，上面都是各色的鮮花，襯著翠綠的樹葉。這就算地球上的大門，這尊敬的客人就從這裡進來。大門裡面，凡是能夠奏音樂的，都聚集在那裡，編成一個極大的音樂隊。等到尊敬的客人來的時候，一齊把最好聽的曲調奏起來。

旅行家坐了一乘輕快的飛艇，離開了自己的星球，向地球前進。他經過了不可計量的空間，穿過了不知多少層的雲，看見了不知多少顆星的面目，才到了地球的大門前，東海之邊。地球上歡迎的人便歡呼起來，好聽的音樂便吹奏起來，東海的浪聲反而聽不清了。牌樓上的花兒含著笑意似的，也在那裡抖抖地動搖；想來也是歡迎尊敬的客人的意思罷。

旅行家看了、聽了，心裡非常快活；想地球上確是有趣，這等人何等的可親可愛，又何等的聰明呵！歡迎的盛會散了以後，他就住在一家旅館裡。地球上的人公舉出一個全能懂得地球上的事的人來陪他，預備他遊歷時候隨意詢問。

吃飯的時候，他吃的是上好的菜，味道香美，分量又多，沒有吃完，就覺胃脹緊了。看看旁邊同吃的人，還在那裡張大了口裝下去。便想這一定有緣故，量來地球上好吃的東西生得太多，不吃掉了，地球上要沒有擺處，所以他們儘量地吃，把胃擴大了。他向來沒有練習過，胃還是個小小的，只得停了不吃。便站起來出去散步。陪他的人跟著他。

出了旅館，轉了兩個彎，走入一條狹小的巷裡。兩旁的人家也正吃飯呢。他們並沒有味道香美的多量的菜，只有一小碟鹹豆擺在他們飯碗的前面。旅行家看了，覺得有些奇怪。難道他們的胃特別小麼？或者他們不愛吃味道香美的多量的菜麼？實在想不明白，只得問了。「我們剛才吃的東西這麼多，這麼香美，為什麼他們只吃一小碟的鹹豆？」

陪伴的人面孔上露出一種稀奇的樣子，心裡正想，這遠處星球上來的人有些兒傻氣。但一想到他終究是個尊敬的客人，便很客氣地回答道，「他們同我們不同；你初來，自然不能明白。大概住在這種巷裡的人，都是很窮的。」

「什麼叫做窮？我不能明白。窮了就只消吃一小碟子鹹豆，我猜

來窮就是胃量小的意思罷。」

「不是，並不是。窮就是沒有錢。我們地球上，要有錢才能換東西。窮的人沒有錢。有也很少，只能換點不好的東西。」

「我更不明白了。錢又是什麼東西呢？」

陪伴的人就從口袋裡取出一個金圓來，授給他看。他接在手裡，看了這一面，又看那一面，這樣地翻了好幾回。這確是可愛的玩意兒，又小、又亮、又滑。但是他有些不信。

「這是小孩子玩弄的小東西，真好玩。可是我不大相信，這個是用來換東西的東西！」

「你不相信，我換給你看。你現在要用些什麼東西？」

旅行家想了一想，別的都用不到；坐了一趟飛艇，汗衫有點汗汙了，就取一件汗衫罷。他就說，「我現在需用一件汗衫。」

陪伴的人就引他走出狹小的巷，到一個寬大而繁華的市場。在一家鋪子裡，把金圓交給店裡的人，一件很美麗的汗衫就拿出來了。陪伴的人說，「你看，汗衫換來了。這是我們地球上最有名的汗衫，用中國出產的蠶絲織成的，多麼軟，多麼輕！拿在手裡，幾乎沒有分量；一把就捏得攏來。待穿上了身，光彩華麗，竟不可說。」

旅行家看汗衫實在好，心裡自然歡喜。但立刻又使他疑惑了，因為他對面走來一個人，這個人拖了一輛大貨車；身體彎成鉤子的樣子；一步一頓地走來；他身上的衣衫不要說汗汙，簡直塗滿了泥，而且破了。旅行家問道，「這個人的衣衫髒到這個樣子，還不去換一件新的衫子來，同我一樣；不知為了什麼緣故？」

「他也是個窮的人，哪裡來金圓去換美麗的衫子呢！」

陪伴的人這句話，引

起了旅行家剛才還沒弄明白的意思，他就再問，「我到底還沒有弄明白，為什麼一定要用錢去換東西？大家爽爽快快地揀用的拿，不是便當些麼？」

「我們地球上向來是這樣的，也不知究竟是什麼道理。總之，沒有錢就不能拿一絲一毫的東西。」

「倘若拿了呢？」

「沒有錢而拿人家的東西，叫做強盜，叫做賊，有官吏在那裡，可以關他們起來。關強盜和賊的地方叫做監牢。我們有很好的監牢，裡面強盜和賊也不少，隔日可以領你去參觀參觀。」

「關他們起來不是很費事麼？他們關在裡面又不是很苦麼？你們何不給他們些錢，讓他們去換東西？官吏也不要了；監牢也用不著了。這何等省事！」

「各人的錢，各人自己用，怎肯給別人。剛才我給你買汗衫的錢並不是我給你的，是我們公共捐出來供給你的，因為你是個尊敬的客人。其外你住賓館，你吃飯，你要用一切東西，都由我們出錢，因為你是個尊敬的客人。」

「這又是什麼緣故呢？有餘多的錢的給些與沒有錢的，使他們也得去換些要用的東西，豈不大家舒服？」

陪伴的人熬不住笑了，說道，「有了餘多的錢，不好留在那裡，等到要用的時候用麼？何必給與他人？你真不能明白我們地球上的情形。」

「原來這樣，我明白了。」

他們還在市場中走，看見一家鋪子裡在做許多箱子，大大小小，形式不一。旅行家問道，「這又是什麼東西？是用來玩的，還是有正當的用處的？」

「這大有正當的用處。一切有用的東西，都好藏在裡面。」

「我又不明白了。照你所說，要用什麼可用錢去換。那麼有了錢就是了，要用東西的時候一切都換得到，何必要把東西藏起來呢？」

「你又想不到我們地球上的人的心思了。現在不用的東西，藏了起來，將來好用，便省了錢。即使自己不用，更可留給子孫用；省出來的錢，子孫可買別的東西了。這就是要把東西藏起來的道理。」

旅行家點點頭，懂了。但是他的心情，不及沒有到地球之前那樣高興了。他想地球上不見得十分有趣，人家傳說的話不免有點靠不住。地球上的人看來不見得很聰明；不然，何以會想出把錢換東西這種不聰明的方法，造成藏不用的東西的箱子這種不聰明的器具？又何以會過這種一般人吃得胃脹，一般人只吃一小碟鹹豆，一般人穿中國蠶絲織成的汗衫，一般人穿滿了泥而破爛的衣服的生活？他這麼想，不高興再走了，便回到旅館裡，要立刻駕了飛艇，回到自己的星球去。

他又想地球上的人待他很好，口口聲聲稱他為尊敬的客人。倘若能夠想出點方法，幫助他們，也可報答他們的好意。他就再出去考查，地球上的情形都明白了，方始回到自己的星球去。走的時候說，「我就要到地球來的；承你們好意待我，我再來時，將帶一件很好的禮物送給你們。」

不多幾天，他又來了，仍舊坐了飛艇來。地球的大門口，歡呼的聲音、音樂的聲音同前一次一樣的高而繁。因為大家要看他帶來的禮物，歡迎的人比前更多，幾乎要立到海面上去。

他的禮物拿出來了，是一張機器的圖樣。他對大眾說道，「我要教你們造這一種機器。這種機器可以耕種田地，可以製造器具，成功很快，使用又很便。你們願意試一試麼？」

「願意！願意！」大眾海潮一般喊起來了。

他就到鐵廠裡，教授工人，照他的圖樣，造成許多架機器。更教他們安放在各處的市場裡、各處的田裡。大眾要看他的機器怎樣使用，各處的市場和田野都擠滿了人。

他把穀種攡在機器裡，一按機關，那機器就飛一般的滾。不到半分鐘，一畝田播好了種了。他又按另一個機關，那機器就滾入樹林。不到半分鐘，已經製成許多很精美的桌椅。他向大眾說，「要他做不論什麼事，造不論什麼東西，都是這個樣子。」

大眾看得呆了，像遇見了魔術師一樣。一個鄉下小女兒手裡拿一絞紗；她心裡想，我這紗一定可以託他造一件美麗的衣服了。她就向旅行家說了。旅行家把紗放在機器裡，按又一個機關。不過三四秒的工夫，一件美麗的衣服已經製成了，又輕又軟，光彩鮮豔，同中國蠶絲織成的沒有什麼分別。那鄉下小女兒自然快活非常，其餘的人也如神仙一般，只顧嘻嘻地笑；齊唱道，

我們的新生活來了！
我們的新生活來了！

旅行家向大眾講明，要有什麼用處，按哪一個機關。大眾都明白了。

要用鋼琴的女郎走到機器旁邊，一按機關，就得一架鋼琴，拿了去彈奏優美的樂調。

要用輕美的衣服的少年走到機器旁邊，一按機關，就得一套衣服，穿了去遊山玩水。

要吃美味的食品的老翁走到機器旁邊，一按機關，就得一份食品，自去享用。

要玩好玩東西的小妹妹走到機器旁邊，一按機關，就得幾件玩具，自去玩弄。

要用什麼東西的人走到機器旁邊，一按機關，就得到心裡所要得的東西。

地球上的人忘記了換東西的錢和藏東西的箱子。

一九二二，一，四。

富翁

有一處地方，孩子們睡在搖籃裡，長輩就教訓他們一番說話。凡是能夠將這番說話教訓孩子們的，大家就稱為好的長輩。孩子們受到這種教訓，同吃奶啼哭一樣的早，所以他們信奉這種教訓，實行這種教訓，非常堅強而便當，和肚子餓一定要吃飯、口渴便去喝一點水一個樣子。這種教訓的話是：「孩子們，你們要勤謹做工呵！做工做得勤謹，才能弄到無數的金錢，裝滿你們的錢袋，裝滿你們的箱子，裝滿你們的食庫，使你們做富翁呵！世界上最尊貴的是富翁，他有一切的權力。世界上最寫意的也是富翁，他什麼事都不必做。孩子們，你們起先要勤謹阿！到了做富翁的日子，你們就有福了！」

那地方因為有這一段故事，做長輩的絕不會忘記教訓了孩子，孩子也絕不會不聽從長輩的話，於是富翁就非常之多。那些做了富翁的回想長輩所說

的話，覺得實在不錯。一切的權力的確在手裡了；要房子加高、擴大，自然有些人來加高了、擴大了；要將自己搬運到別處去，自然有些人有些器具將自己運送去了。什麼事的確都不必做了：想吃便吃；想穿便穿；想玩便玩。他們尊貴到極點，寫意到極點，嘻嘻哈哈，只是過幸福的生活。一般還沒做成富翁的人望著富翁，只是流涎不止，心裡想，「富翁真尊貴，真寫意，我們須得加三倍努力，也追上他們的地位！」一邊想著，一邊做工格外勤謹，因為這是做富翁的唯一的方法。

富翁儘量多了。還沒做成富翁的人儘量勤謹了。耕種吃的東西，染織穿的東西，製造一切用的東西，都由還沒做成富翁的人擔任。這時候一因物價騰貴，二因富翁出錢很慷慨，不大計較，所以做工的人升為富翁也儘量容易了。凡是富翁，集合為一大隊，大家稱為同伴。面孔對面孔只有笑，口對口只有唱快樂的歌；今天跳舞，明天聚餐；樂到如狂似醉的時候，自然而然齊聲唱道，

今日子，這地方，
便是黃金世界，

極樂之園。

還沒做成富翁的人只剩一小部分了。他們眼看著富翁的逸樂，心羨著富翁的尊貴，早就增加了幾分做工的勇氣。又知自己做成富翁是千穩萬當、非明天即後天的事，更加拼著性命，揮著汗水，晝夜不停地工作。這是最末了的辛苦了，吃過這一番辛苦，以後便是尊貴和寫意的生活，誰不願意熬著捱著？

一個勞困的礦工偶然到山裡去，忽然發見了無窮盡的寶藏。他考察那座山裡，足足有幾百畝的園員，幾百丈的深，純是黃澄澄的金子，他快活極了，心想事情竟有這樣巧，誰知成富翁就在今天！便回到家裡去，招了闔家的老小，力氣大的掮缸掮罐，力氣小的也帶一雙畚箕，一齊趕到山裡，動手採金子。採到晚上，全家的人都疲乏極了。計算所得的金子，已經比最富的富翁所有的更多了。他心裡想，「現在我是第一個富翁了。尊貴而寫意的生活從今天開始了，好不快樂！」

明天便不再去採掘。其餘的人得到這個消息，知道這是做成富翁的最便當的方法，便把勞困的工作停了下來，扶老攜幼，齊去採掘金子。大家都採掘得非常疲乏，到金子數目超過了第一富翁的時候，大家自以為「我便是第一富翁」，方才停了手。

沒有一個人不藏足了金子，到心裡真的滿足，不想再要了。然而礦金只採去了十分之二三。

那個地方的人個個都是富翁了，個個都是無量數金子的主人翁，這是何等幸福的地方！然而奇怪的事情，以前沒有碰見過的事情，出現了。

那一般新做富翁的人，他們平常的工作當然照例不做了。他們想既然做了富翁，不可不裝出富翁的樣子，一定趕緊要買幾身美麗的衣服。便帶著滿袋的金子，奔向衣服店去。這些衣服店，平日只能在玻璃窗外張張，現在將要踱著大步跨進去，隨心適意揀綢選羅，好不威風。他們想得得意，已走到衣服店門口。事情不巧，衣服店恰巧歇業，不出賣衣服。原來那店裡的主人也是新做成富翁，現在闔家分穿了預備出賣的衣服，正打算出去雇汽車，往戲院看戲呢。

買衣服的人買不到衣服，心裡不免失望。換了幾家衣服店，情形大略相同，都因主人成了富翁，不高興再做生意了。他們想衣服店全體歇業，買到衣服是無望了；不如到紡織廠去，剪些好看如意的料子，回去給縫工連夜裁縫起來。他們便奔向紡織廠。誰知一到又大失所望！廠門前靜悄悄的，找不到一個闇人，平日震天動地的機器聲響，不知往哪裡去了。高大的煙囪裡，本來一口一口地吐著濃黑的煙，弄得天光變色；現在可以望見清淨的天空；煙囪口歇著無數的小雀。他們沒法，只得去尋縫工，同他商量，請他想個法子，只要弄得到美麗的衣服，不論多少金子總願意出的。縫工笑道，「我同你們一樣，正想找人縫幾身新衣服呢。至於金子，誰稀罕他！如今我也是富翁了，我所有的是無數的金子。」

他們至此，才相信美麗的衣服是穿不成了。做了富翁，不得裝出富翁的樣子，心裡自然不大滿足。可是滿在錢袋裡箱子裡倉庫裡的黃澄澄的金子，看看便覺得可愛。因此自己安慰道，「雖穿不成新衣服，然而金子這麼多，究竟做成富翁了。」

還有一個更為厲害的恐慌，足使全體的富翁笑嘻嘻的面孔變成哀哭。他們家裡積蓄的糧食吃完了，照著老例，帶著滿袋的金子來到糧食棧。誰知竟有夢想不到的事情，糧食棧的主人也因積蓄的糧食已經吃完，正帶著金子，要到別家糧食棧去購買糧食。大家說，「我們一夥兒走吧。」走了好幾家糧食棧，都遇到大略相同的情形。結伴的人越來越多，帶著很重的金子走遍那個地方，大家氣喘得不得了，汗得衣服都濕了，卻不見一家開業的糧食棧。

聰明的人說，這必須去請教農夫了。大家聽到這一句話，彷彿大夢忽醒一般，齊喊道，「是呀，這必須去請教農夫！一切糧食是農夫種出來的，不是糧食棧裡生出來的。我們去找農夫，才尋到了根本，一定可以買得糧食了。我們去呀！我們去呀！」一大家喊著，兩腳特別努力，奔得極快；因為他們相信一到農夫那邊，糧食就到手了。

到了鄉間，遇見了農夫，他們便開口道，「好的農夫，我們要向你買糧食；不論多少金子都願意給你，只要你說出數目來。」

農夫笑了笑，搖搖頭道，「我同你們一樣，正要向農夫去買糧食呢。至於我，誰還是農夫！我也是富翁了，我所有的是無數的金子！」

農夫說著，跟著大眾同走。買糧食的人越聚越多，把那個地方來來往往走了五六回，便是遺失了繡花針也該尋著了，卻找不到一個農夫。

大家相信糧食無望的了，不如去尋些雜糧罷，肚子饑餓，不是要的。便四散地奔向田間去。田間植立的是玉蜀黍，蔓生的是甘薯，種得沒有一處空，不過近來因農夫做了多金的富翁，預備過富翁的尊貴而寫意的生活，好幾天沒有去澆灌和收拾，所以枯的枯了，爛的爛了，蛀的蛀了，要在這麼廣大的田間，尋到一點新鮮的可以充饑的東西，竟不可得。這使大家著了急，眼眶裡的淚珠雨一般地滴下來了。然而摸著袋裡又硬又冷又滑的金子的時候，他們忍住了眼淚，勉強笑一笑，互相安慰道，「雖然找不到糧食，雖然肚子饑餓，然而金子這麼多，究竟做成富翁了。」

全體的富翁餓得不成樣子，他們頭枕著藏金子的袋，手裡拿著金子的小塊，想要送到嘴裡吃；可是周身和四肢一動也不能動。低細如蚊的聲音還從他們的喉嚨裡發出，是念他們長輩的教訓，「到了做富翁的日子，你們就有福了！」

一九二二，一，九。

鯉魚的遇險

溫柔而清淨的河是鯉魚們的家鄉。日裡頭太陽光像金子一般，照在河面上；又細又軟的波紋彷佛印度的細紗。到晚上，銀色的月光、寶石似的星光蓋著河面的一切；一切都穩穩地睡去了，連夢也十分甜蜜。大的小的鯉魚們自然也被蓋在細紗和月光、星光底下，生活十分安逸，夢兒十分甜蜜。

鯉魚們從來沒經過可怕的事情，所以不懂得怕、逃和防備。他們游來游去，非常快活，非常徐緩，好似花園裡的遊客。有時大家玩著，爭銜一片萍葉，才急急地撥動了鰭，搖了搖尾巴，行幾步快步。那萍葉先到一條鯉魚的

口裡，他就沒頭地向河底一鑽。其餘許多魚慢到，大家的頭聚在一起碰著；知萍葉已入水裡了，才紛紛地沒水。這時候河面的水花大了，水聲也響起來了，似乎全改變了平日安靜的空氣。可是不多一歇，水花減了，水聲息了，鯉魚們仍舊停停進進地遊行，在這靜定的河水裡；若從河岸看時，你一定毫無所覺，似乎沒有他們一樣。這就是鯉魚們生活的情形了。

鯉魚們的朋友是住在河邊草叢中的鶺鴒和鴛鴦等。他們都能夠到河裡游水，能夠同小船一樣浮在水面。有時候他們到河裡拜望鯉魚們，有時候鯉魚們到草叢旁邊拜望他們。彼此有新鮮的故事，講出來大家聽；有好聽的歌，唱出來大家學；有有趣的舞蹈，做出來大家練。他們真高興，一天一天過去，天天有極濃的趣味，天天的生活是新鮮的。

因此鯉魚們抱著一種信念：他們以為凡是有太陽光、月亮光、星光照到的地方，都和他們所住的那條河一樣，有和平的生活，有要好的朋友，天天有極濃的趣味，天天的經歷是新鮮的。大的鯉魚把這個意思告訴小的，鯉哥哥告訴鯉弟弟，鯉姐姐告訴鯉妹妹。大家都說，「不錯，我們這條河裡的確如此。我們這條河是給太陽光、月亮光、星光照著的。因而我們可以相信，凡是太陽光、月亮光、星光照著的地方，都和我們這條河裡一樣。世界上真快樂呀，我們真有幸福，來到這快樂的世界！」這幾句話差不多成為鯉魚們的讚美歌了。夕陽將落、微風低唱、河景如仙鄉的時候，明月初上、繁星齊耀、夜景如天國的時候，他們總是誦他們的讚美歌，慶祝生活的幸福。

在和平日相仿的一天，河上來了一條小船。這在鯉魚們毫不為奇，小姑娘們的遊船、學生們的小青船本來常常在此經過的。他們看見鯉魚們，總是靠在船舷，美麗的小面孔和烏黑的頭髮映在河裡，小手不住地招。他們還發清脆的聲音，帶笑帶說道，「鯉魚們，來來。給你們吃饅頭，給你們吃餅乾，吃的東西多著呢。鯉魚們，來來。」

鯉魚們就游到水面，和小姑娘們、學生們一起玩耍。今天來了一條小船，以為小姑娘們、學生們又來了，照舊快快活活地游到水面。

原來不是小姑娘們，也不是學生們，船上一個不認識的人在那裡搖櫓。船舷上歇著十幾頭鸕鶿，他們正仰起了頭看天呢。鯉魚們想，那些鸕鶿雖不是住在河旁叢草中的老朋友，但他們的同族是最要好的老朋友，說起了，總能彼此結識起來。況且他們初次經過這裡，要盡主人的義務，也當款待款待他們。便用歡迎的口氣說，「不相識的朋友們，你們難得到此，歇一會再去罷。我們同你們的同族是老朋友，我們相信不久也與你們做成老朋友。未來的老朋友呀，請下水來談談心，不要只歇在船舷上。」

鯉魚們的請求很懇切，說完了，大家仰起了頭，候客人們下水。

果然，船舷上的鸕鶿們不再看天了，他們已聽見了鯉魚們的說話。他們向河裡看了看，撲著翅膀，空通……空通……一齊跳到河裡。看見鯉魚，就一口銜住，回跳上小船，吐在一隻木桶裡。十幾頭鸕鶿做同樣的工作，河面起一陣從未有過的騷擾。鯉魚們方才覺得怕；方才沒命地逃，逃到河底的爛泥裡去；方才不敢再快快活活地游出來，不論什麼時候，總要防備這種變轉面孔的生客。

不一會，小船去了，河面的水花和水聲也絕滅了；外面看來，似乎同往日一樣。但是恐怕和憂愁充滿了鯉魚們的心，看看同伴中間，被這種變轉面孔的生客劫去了好許多，不免大家滴下淚來。更想他們若是再來，又有幾許同伴要被劫了。所以誰都在危險中間，不論哪一刻都在危險中間。哪裡料得到這些同老朋友一樣的東西卻是強盜！世界上怎麼會有這等料不到的事情！他們於是新起一種信念：以為他們所住的那條河現在變了，變得同地獄一般的可怕。凡是有太陽光、月亮光、星光照著的地方，外面看看雖然平和而美麗，實在和他們所住的那條河一樣，裡面可怕得同地獄一般。大的鯉魚把這個意思告訴小的，鯉哥哥告訴鯉弟弟，鯉姐姐告訴鯉妹妹。大家都說，「不錯，我們這條河現在變了。不然，我們好好地歡迎客人，怎麼客人卻劫了我們的同伴去呢！從這條河的會變看來，說不定別處地方先變了，世界先變了。我們造了什麼孽，恰逢到這可怕的時代！」這幾句話差不多成為鯉魚們的挽歌了。

現在且講躺在木桶裡的鯉魚。這個木桶裡有極薄的一片水，鯉魚們的身體只濕了一面。他們自從到了鸕鷀的口裡，已經嚇得沒有靈魂了；沾不到多量的水，倒也不見要緊。後來幾尾先醒了，方覺得一面身體乾燥得難過。一隻眼向上看，世界全變了平日的模樣。要想活動活動，只顧撥鰭搖尾，毫沒用處，身體總是貼在那裡。他們開始愁悶了，何以今天弄成這個樣子？又不知現在是在什麼地方。所看得到的，只有木的牆壁和旁邊躺著不能動的同伴。因而互相問詢道，「你知道我們現在是在什麼地方麼？你看見些什麼景物麼？倘若你看見得多些、明白些，就可推知我們現在所處的地方了。」

回答這一句問話的幾乎完全相同，他們都回答道，「我和你一樣的不明白，怎能回答你現在在什麼地方呢？我只看見木的牆壁、和你一樣的躺著不能動的同伴，此外沒有什麼了。」

「那末，這裡是個奇怪的地方了，四面都圍著牆，又不給我們水，——多量的水。不要說不能回到我們的家鄉去，看看我們的同伴；便是動一動也不能夠，恐怕生命都不保了。」一尾鯉魚說完，嘆了一口深長的氣，因為乾渴了好久，發出沙糙的聲音。

一尾小的閉了閉眼睛，他一隻眼獨看，有些倦了，所以如此；他說，「我總不明白，我們怎麼到了這奇怪的地方來！不要我們在做夢罷。」

一尾細長的鯉魚拍了幾回尾巴，表示他要警告大眾的意思；他沙著喉嚨說，「我想起了！你們也想起了麼？不是我們的河上來了一條小船麼？不是船舷上歇著許多客人同住在草叢中的老朋友一模一樣的麼？不是我們歡迎他們麼？不是他們就跳下水裡來麼？我記得給一位客人一口，後來就弄不清楚了。大約是他們請我們到這裡來的了。」

起先說做夢的那尾小鯉魚接著說，「這更見是做夢了。哪有我們歡迎客人，客人卻送我們到這等奇怪的地方來？」

另外一尾鯉魚很悲哀地說，「不要管做夢不做夢，現在身體上覺得乾燥難受，鰭、尾又沒有一點用處，總是我們的痛苦！我們該想想方法，怎麼可以使痛苦去了？」

「只要把這木的牆打破了！」
「只要到河裡去取一點水！」
「只要我們大家熬著，不一定要安適，就躺在這裡也不妨！」
以上是許多鯉魚們想出來的方法，他們想到了，就隨口說了出來。但是統給同伴們立刻駁回了，就是以下三句話：
「身體還不能動，怎能打得破木牆？」
「取水固然也好，但是誰能夠去取？」
「熬得住自然什麼都不怕了，倒是躺在這裡，不得水，就要乾死的不好！」
大家再想不出別的方法。試試離開一點原來躺著的地位，絲毫沒有效果。於是大家只有嘆氣；鰭和尾巴略為動動，也是有氣沒力的。一隻貼著桶底的眼睛看見的是一片黑暗。一隻向上的眼睛，除了可恨的木的圍牆，和可憐的同命運的同伴外，更沒有別的東西看見。這是全桶的鯉魚同一的情形。
「客人過我們的家鄉，歡迎也不止一次，誰知道這回卻上了個大當！」
「這不能怪我們，那些強盜和住在草叢中的老朋友們是同族呀！我們以為他們和老朋友們一樣的和善，一樣的領受我們的好意。誰知他們的性情早變了，和他們的同族全不一樣了！」

「他們把我們留住在這裡，有什麼好處？大家客客氣氣，親親愛愛，主客盡歡，豈不是好？」

「世界上有這一種情形，是世界的羞恥，他一定要臉紅了。我們起先頌美世界，說他滿載著真的快樂。現在懂了：他實在包含著悲哀和苦痛，我們應當咒詛呵！」

「應當咒詛！不要說是我們小小的鯉魚，不要說我們的喉嚨乾而沙了；我們的聲音也能激動世界上的狂風，將悲哀和痛苦一齊吹散了。」

「得了，得了，我們還有能力咒詛，我們咒詛罷！我們咒詛這木的牆，使我們看不見外面的牆！咒詛那些強盜，不領受我們的好意而欺騙我們的強盜！更咒詛這有這木牆、有那些強盜的世界！」

他們不想再動，不想離開那躺著的地位，也不想到底什麼時候便乾到極點而死。他們經過了一場商議，就決定做這唯一的事，就是咒詛。自然，咒詛的聲音裡，夾著深深的悲苦的嘆息。

不知經了多少時候，鯉魚們並不乾到極點而死，反而覺得身體上潮潤了些。

這很奇怪，難道強盜們悔悟了，覺得做事不對，特地取些水來相救麼？難道這木的牆破壞了，外面的水透了進來麼？一尾聰明的小鯉魚看出來了，他說，「我們怎能得到強盜的幫助？木的牆又怎會自然地破壞？倘若希望這兩層，比螞蟻登天還要困難。現在我們不至於乾死，原來是我們自己救了自己。這是我們的淚呀！這淚從我們的心裡，千曲萬繞，運到我們的眼眶裡，千滴萬滴，滴在我們這躺著的地方，便救了我們枯乾欲死的性命！」

大家聽了這話，立時辨出沾在身上的的確是自己的眼淚。這一種心裡的感動，真是講說不出。他們又想在這應當咒詛的世界裡，居然能得靠了自己的眼淚救自己，不可說世界裡絕沒有真快樂的芽兒。想到這裡，心裡一軟，大家眼眶裡的淚像泉水一般流出來了。

說也奇怪，鯉魚們的身體活動了；本來側身躺著的，現在能夠豎直了游了；周身都圍著水了。

鯉魚們的眼淚流出不歇，滿了木桶；溢出來，流在小船的艙裡；不一會又滿了船艙。於是木桶浮在水面了。船身略一轉側，這木桶便瀉到了河面上。

鯉魚們剛得了水，更兼停歇了好久，游泳得格外有勁。可是游來游去，總給木牆碰住了。他們又憂愁起來，得了水還是這麼不自由麼？一尾花鯉魚起先一跳，跳出了木牆；四面一看，又細又軟的波紋彷彿印度的細紗，不就是家鄉麼？他快活極了，喊道，「你們跳呀，跳出這可惡的牆就是家鄉呀！我現在已到了家鄉了！」

大家聽了他的呼喊，連忙跳出這木牆，用了所有的氣力。木桶裡立刻空了，載著滿桶的水，浮浮地漂到不知什麼地方去了。

留在家裡的鯉魚們出來迎接遇難的同伴，住在草叢中的鶺鴒們、鴛鴦們也來安慰他們的要好的朋友。彼此相見了，不免又流了許多感動的眼淚，所以河裡的水永久沒有乾涸的日子。

一九二二，一，一四。

眼淚

地球上面，太陽、月亮和星的光所照到的地方，一個人不休不歇地找尋什麼失去的東西。他什麼地方都尋到了，野草的根下，排水的溝裡，馬路上每粒細沙的中心，吹來的風的全體各部，沒有不搜檢周遍。但是，哪裡有他所要的東西呢？他因此嘆息了，比深密的松林裡的嘆息還要悲哀。又自語道，「我所要的東西呢？我所要的東西呢？」

快活人走過來問他道，「你失去了珍珠麼？為什麼向草根下找尋？或者你失去了水銀麼？為什麼向水溝裡找尋？或者你失去了血球麼？為什麼向每粒沙的中心找尋？又或者你失去了香氣麼？為什麼向風中找尋？」

他搖頭嘆著氣說，「都不是，我沒有失去那些東西。」

「那末你是個傻子了。除了那些東西之外，再有值得找尋的東西麼？還是早些休息的好，休要為了毫不要緊的東西傷了你的精神。」快活人說話的時候，臉上滿堆著笑；兩塊臉肉垛了起來；眼睛的上下都是極深的皺紋：這是平常慣了的，凡逢說話總是這樣，並不是特地為了他。

他回答道，「我所找尋的，並非不要緊的東西，乃是比你所說的那些更要緊的東西。我天天找尋，各處地方去找尋，竟沒有一毫消息。我告訴了你罷，我要找尋眼淚！」

快活人聽了，不覺大笑起來；口腔大張，成一個深陷的圓洞；乾脆的笑聲連續不歇。停一會，才說，「眼淚！你竟為了眼淚而這樣勞苦麼？我是不滴眼淚的，也不知道眼淚從身體的什麼部分發源的。可是我見過些癡愚的人，他們的眼眶裡會有眼淚流出來。我可以告訴你他們的眼淚滴著的地方，使你到那些地方去找尋。

「你要找眼淚，可以到火車站或是輪船埠頭去。在那些地方，有許多男女老少的心都似給什麼東西壓緊了。一句話的時刻，大家不肯放過，總要勉力地說。便是說不出，也夢想一秒鐘就等於無盡的永久。手和手的緊握，臂和肩的相扶，唇和唇的相觸，都似乎從此凝固，不願再分開了。忽地嗚嗚的汽笛聲叫了，談話的被打斷了，夢想的被警醒了，凝固的被分開了，他們的眼淚就泉水一般湧出來了。這在我看來是很可笑的。但你若到那些地方去，確可以尋到他們所滴的眼淚。」

「我不要這種眼淚，」他回答說，「這種是愛和戀的淚；既然他們滴得這麼多，何至於難尋？我若要這種，早就到火車站或是輪船埠頭去了。」

快活人點頭道，「不要這一種，還有呢。你要找眼淚，可以到母親們的懷裡或是搖籃裡去。在那些地方，睡著許多嬰兒。嫩紅的臉龐，頭頂長著柔細的黃髮，烏黑有光的眼睛向上直視，真是好玩的小東西。他們忽地呱呱地哭起來，又自然而然停了。眼淚雖不及剛才說的那些人這樣多，想來也可以滿足你的欲望了。你就去罷。」

「我不要這種眼淚，」他回答說，「這種是幼稚的淚；既然差不多家家有的，何至於難尋？我若要這種，早就到母親們的懷裡或是搖籃裡找去了。」

快活人道，「又不要這一種，還有呢。你要找眼淚，還可以到戲院裡的臺上去。在那裡常常演沒有這回事的悲劇，故意做出些可笑的事情來給人家看。或者女子死了丈夫，或者大將盡忠殺身，或者男女相愛而不能常在一起，花樣雖然多，換來換去總是那幾套。演戲的人演到他們以為最慘苦的時候，他們就嗚嗚地哭了，或是大聲地號了，或是沒有聲息地泣了。不管他們是真是假，我想，既然算是哭，總有一些眼淚。你去罷，到戲臺上去罷。」

「我也不要這種眼淚，」他回答說，「這種是虛假的淚；而且並不真有這種淚。我何必到戲院裡去呢？」

快活人再說不出了，眼睛睜睜地看著他。隔了一會，才問道，「你究竟要哪一種眼淚呢？我相信除了我所說的，世間再沒有眼淚了。你知道更有別種眼淚麼？」

他回答說，「有，我確知道還有別一種眼淚。我所找的就是這別一種了。我告訴了你罷，我要找尋同情的眼淚！」

快活人顯出很奇怪的樣子，眼睛斜瞪著，隨後輕輕搖頭說，「沒有的罷！我向來沒有聽見過這奇怪的名詞，什麼『同情的眼淚』。我也想像不出那種眼淚是什麼人流的，為了什麼而流的。既然你說起了，可能詳細地把那些告訴我麼？」

他說，「你願意知道，我自然願意告訴你。同情的眼淚是為著多數人而流的，不單為了對面的一兩個人。又因心中真有感動而流的，不像嬰兒的幼稚無知，自然流淌。又是十分真摯的，沒有一毫虛假的意思。至於什麼人流這種眼淚，我可不知道了。我走到各處地方，留心一切人的眼淚裡，看有沒有滴出一滴這種眼淚來。誰知道竟沒有！我因此想，大概這種眼淚從一切人的眼眶裡遺漏在什麼地方了。遺漏了東西總可以尋找到，所以我到處尋找，希望撿還了他們。又或者流這種眼淚的人我還沒有遇見，希望在尋找的當兒，有機會得以遇到。」

快活人不相信的樣子，只是搖著頭，說，「我真不明白，如果有人流這種眼淚，不是比我告訴你的更癡愚麼？人是聰明的，高出萬物的，何至癡愚到這個地步呢？我不能相信你的話。」

他很憐憫快活人，柔和地嘆息道，「你就是失去這種眼淚的一個呢！可要同我一起去找尋？如有機會，將失去的東西收了回來，豈不很好？」

快活人當然不高興，說道，「我向來不滴眼淚，哪裡會有失去的？況且我用不到眼淚呢。我不高興跟你做這種無益的事。我要唱喜悅的歌去；我要跳優美的舞去。」

他見快活人沒有意思同他一起走，便辭別了，仍舊找尋他所要的東西。快活人看他走了，冷然向他一笑，可憐他的愚蠢和固執；隨後就向快活的地方，做快活的事情去了。

現在他改換方法了，專向人多的地方去找。一個時候，他站在大街旁邊。嗚嗚的汽車比風還快，突然來了，忽然又不見了。行路的人前後看顧，非常驚惶的樣子，恐怕身體給汽車輪壓爛了。載煤的大車前面由騾子拖著。那些騾子瘦到不像有肌肉的；汗水將烏黑的毛沾濕了；每走一步，勉強屈著腿，似乎要跌倒了；然而還是半閉著眼睛向前走。那些趕騾子的人呢，臉上沾滿了煤屑，成為深黑；眼睛仿佛張不開的；僅有嘴唇的部分露出可怕的紅。許多拉人力車的人舉足奔跑，足反屈時，幾乎觸著臀部；兩手用力撳住車柄，臂膊同鳥翅一般張了開來。灰沙被風吹起，一陣陣送進他們的鼻孔和嘴裡；他們吁吁地喘著，聲音響而粗，仿佛氣筒正在抽撳呢。汗是沒有工夫揩了，只令留下來，滴在馬路的沙土上。

他心裡想，「這裡當有同情的眼淚了。」但是仔細尋找，竟沒有一滴。看看那些駕汽車的、行路的、騾子、趕煤車的、拉人力車的、坐人力車的，他們的眼眶都不像曾滴眼淚的，也不像會滴眼淚的。於是他失望地走開了。

他又走到一所大會場旁邊，看見成千成萬的人擁擠著，在那裡等一個人。他就聽他們講這個人的歷史：「這個人曾打過好幾回大仗，因為他的規劃，殺死了無數的敵兵。青草的地上，泥土的溝裡，仰著、俯著、絕了生氣的，都吃的他的槍彈。農屋毀壞了，花園殘廢了，學校裡沒有讀書聲了，工廠裡停了機器聲了，都經了他的炮火。少了手的，斷了腳的，在丈夫墳上嘆息的，看著兒子的照相哭泣的，都受的他的賞賜。現在打仗完畢，他打從這裡經過。

他心裡想，「這裡當有同情的眼淚了。」但是當這個人來到的時候，大眾現出異常敬慕的面容；跳躍起來，仿佛一群青蛙；歡呼的聲音同潮水一般，愈湧愈高；拋起的帽子舞蹈於空中。在這如狂的紛亂中，他們把這個人擁進大會場；聽說就要開歡迎會呢。他們的臉上只有笑，只有興奮，哪裡像曾滴眼淚的，哪裡像會滴眼淚的！於是他失望地走開了。

他又走到一所大工廠裡，裡邊有無數的男女工人正在工作。機器的聲音震得他們的耳朵木了，機油的氣味熏得他們的鼻管塞了。多麼大的鐵輪！一定要聳身用力，才能轉動。他們的臉上有些死的意思了，又是僵白，又是枯瘦。有幾個伏在機器旁邊，吃帶來的最粗劣的東西。有幾個女子停著手出神，正想念他們家裡的小孩，不知尋母不見，啼哭到什麼樣子了。然而何敢多停呢？吃東西的草草吃罷，想念家裡的如夢警覺，重又做他們的工作了。黃昏的時候，他們才得從廠裡回家去。此時熱鬧的夜景還沒有消散，幸福的人正尋各種娛樂呢。釋放出來的工人們雜在裡邊，似乎有些不調和的樣子。

他跟著工人們走，心裡想，「這裡當有同情的眼淚了。」但是，正同河水一樣，加入了一派水流，就合著流水，大家沒有別的照顧了；夜遊的一切人和新加入夜景裡的工人們，彼此沒有什麼新的感覺，還是平時的模樣，看他們的眼睛裡，都像向來沒有水的井底，不像是曾滴眼淚的，也就難料是會滴眼淚的。於是他失望地走開了。

他想改換的方法又失敗了，同情的眼淚還沒有找到，心裡很為憂悶。隨意走去，卻到了鄉間。一所草屋的前面是一片廣場。場上有四五棵楊樹，明亮的陽光正顯出綠葉的鮮嫩。這農家不知將有什麼宴飲的事，一個婦人正在殺雞呢。十幾頭雞都囚在一個篾製的籠中。她取出一頭，左手執住牠的翅膀和雞冠，右手拔去牠頸部的毛，隨即拿起一柄刀來，把頸部割開了。那雞的足挺了幾挺；身體似欲抵抗，但沒有法子；鮮紅的血從頸間流出來了，她用一個碗盛著。鮮血滴完以後，便被擱在地上；身體略微動了幾動，就成為羽毛包著的骨肉了。第二第三頭雞也是同樣的受這種待遇。

殺到第五頭雞的時候，從屋子裡奔出一個孩子來。他有多血的面龐，眼珠烏黑而流動。他奔到婦人旁邊，看著地上幾堆羽毛包著的骨肉，又看著籠中的雞，更想著婦人手裡正殺的一頭，容貌淒窘極了。突然之間，他拉住婦人的右手；悲哀的哭聲從喉間迸發出來了；眼淚滴下，像活活的流泉。

找尋眼淚的人看到這裡，便同得了寶貝一般，叫道，「不料在這裡尋到了！」因為這是過度的安慰，反疑身在夢裡；然而明明是真的眼淚，一滴一滴仿佛明亮的珠。他就走近去，湊著那小孩的眼前，待眼淚流出來，將雙手盛著。不多時，兩手就滿滿的了。

他想，「一切人失去的東西，現在給我尋到了！以後我的責任就在把眼淚還給他們了。」他就向快活人那邊走，因為快活人不相信失去了這麼一件東西，所以先送給他看，叫他好好保存了罷。他還要遍遊各處，將他的最寶貴的禮物送給一切人。他大概快就要到讀者諸位那裡了，諸位預備受領他的禮物罷。

一九二二，三，一九。

畫眉鳥

一個金銅的鳥籠裡，養著一隻畫眉。明亮的陽光照在籠欄上，發出耀眼的色彩，彷彿國工的宮殿。盛水的盂是碧玉做的，清到極點的水也映得綠了。盛粟子的盂是瑪瑙做的，正好盛同樣顏色的粟子。還有擱在中間的三根橫欄，預備畫眉停歇的，是象牙做的。披在籠外的籠衣，預備晚上蒙下的，是最細的絲織成的綢做的。

那畫眉全身的羽毛光滑和厚，沒有一片拂逆或脫落。這因為他的食料很精美，又每天沐浴的緣故。他舒服極了，吃飽了肚皮，洗罷了身體，只在籠中飛舞。有時歇在右邊的象牙橫欄上，有時歇在中間的，又有時側歇在籠欄上。停歇的時候，他撲著翅膀；頭左右轉側，極玲瓏地看視四圍。不一會，他又飛舞了。

他能發極溫柔極宛轉的歌聲，使聽的人耳朵裡非常舒服，像喝酒到半醉時的樣子。他由一位哥兒特意供養著，將他留在這宮殿一般的鳥籠裡。喝的水是哥兒從山泉取來，並且濾過了的。吃的粟子經哥兒親手檢過，粒粒肥圓，而且洗過了的。哥兒為什麼這樣費心呢？又為什麼給他一個宮殿一般的鳥籠呢？只因為愛聽他的歌聲；他的歌聲能使哥兒異常快活。

他覺得哥兒待他好，又知哥兒愛聽他的歌聲，便不休不歇地唱歌給哥兒聽，哪怕當他極疲困的時候。他很不明白：張開了嘴唱幾聲，有什麼好聽？他猜不透哥兒的心思。可是，哥兒的確愛聽他的唱，他就為哥兒而唱了。哥兒又常常向同伴的姐妹兄弟們說，「我有很可愛的畫眉鳥，請你們來聽他的唱歌。」於是姐妹兄弟們來了，大家現出高興的顏色。畫眉想，「我實在聽不出自己歌聲的好處，何以他們也同哥兒一樣的愛聽呢？」然而哥兒的同伴不可怠慢，否則傷了哥兒的心，他也就為哥兒而唱了。

一天天地過去，他一切生活都很好，安適地住在宮殿一般的鳥籠裡。他為哥兒和哥兒的姐妹兄弟們不休不歇地歌唱。不過始終不明白他自己所唱的有什麼意義和趣味。

畫眉懷著疑惑，總想有機會弄明白他。有一天，哥兒替他加食添水以後，忘記關上籠門，便走開了。畫眉便走了出來，一飛飛到屋頂。看看四周圍的景物，真同仙境一般。深藍的天空，浮著小白帆似的雲。蔥綠的柳梢搖曳得好可愛；幾簇紅杏也露出微笑。遠遠的青山籠著淡淡的煙，好似迷離未醒的睡人。他看得出了神，便飛舞了好一會，又眺望了好一會。

他忘記了鳥籠了；直到想離開屋頂時，便張翅而飛，開始做長途的空中旅行。他飛過了綠的平原、壯闊的長江、鋪著黃沙的大野、濁流滾滾的黃河，才想要休息。收攏翅膀停下來，歇在一個大都會的城樓上。下望街市，一切情形都十分清楚。

他看見了奇異的景象了。長街之上，一個人坐在一架兩旁有輪子的東西上面，另一個人拉著這東西飛跑。來來往往的都是這樣一對一對的。他就想，「這些坐在兩旁有輪子的東西上面的人，難道是沒有腿、不能走的麼？為什麼要兩個人合了夥，才能走路呢？這樣的合夥走路，不是一百個人中只有五十個能做正當有益的事麼？」他仔細看坐在上面的人，誰說沒有腿；極精緻的毯子底下，露出烏黑的皮鞋或光亮的緞靴，都是最時髦的式樣呢。「既然有腿，為什麼要別人拉著走？」他越想越不明白。

「或者那些拉著別人走的人，他們以這事為有意義有趣味的罷？」他又想。可是看看又不對。他們額上的汗滲出來，像蒸籠的蓋。面孔漲得通紅，因為努力，時時顯出可怕的形相。背心彎了，頭屢屢向前沖，又屢屢昂起來透氣。兩腳腳尖才一點地便又跨了起來，輪換得異常迅速，待坐在上面的人略一示意，指點著向右或向左，飛跑的人使竭力收住前沖的勢，很敏捷地向右或向左去了。他於是明白了，「飛跑的人原來為別人而飛跑的。至於對他們自己，他們並不露什麼笑容，並不唱什麼讚美飛跑的歌，可以知道不見得感覺什麼意義和趣味了。」

他很覺得悲哀，一個人只替代了人家的兩條腿！心裡不爽快，嘴裡便哀切切地唱起來了。他的歌裡可憐那些不幸的人只為著別一個人努力，可憐他們做的事沒有一些意義和趣味。

他不願再看那些可憐的人，想換一個地方停歇，一飛飛到一家的綠漆欄上。往室中望去，許多體面的人正會食呢。桌上鋪的雪樣白的桌衣，有耀眼的刀和叉、玻璃的酒杯、花瓷的盤子、盛滿各種彩色的東西的瓶和繁插的瓶花。座中的人個個是很有光彩的面孔，表示出他們的高貴和寫意。他更向樓下看，一切的形象大不同了。半片的魚、切成了絲的肉、去了殼的蝦、分割了的雞鴨、一桶一桶清的渾的各色的水、各式的碗碟盤桶，以及薪柴煤炭、鹽油醬醋，都雜亂地塞在一屋子裡。在這裡邊有幾個人正做工呢。油膩蒙了他們的周身，腥汙之氣熏著他們的鼻管。沸油的鍋子裡，他們的手幾乎要浸下去。鍋下的火焰燎出來，炙著他們的臂肘。待鍋裡的東西煮好，盛在花瓷的盤子裡，白衣的人接了去，攏上樓上的席面，於是刀叉重又舉動，閃閃地發出光亮了。

他就想，「這些在樓下做工的人是有病的麼？何以一天到晚在那裡烘火！又或者他們住在這裡，覺得很有意義和趣味，所以肯這樣麼？」可是都不大對。若說是寒病，何不到家裡烘火爐去？若說覺得有意義，有趣味，那末自己也應該得盛幾盤吃了，或者要顯出快活的面容了。看他們受了白衣人的吩咐，皺著眉頭，急匆匆拿這樣，調那樣，煮這件，炒那件，分明只為了一個吩咐才這樣做。

他很覺得很悲哀，一個人只替代了一副煮菜機器！心裡不爽快，嘴裡便哀切切地唱起來了。他的歌裡可憐那些不幸的人只為著別一個人努力，可憐他們做的事沒有一些意義和趣味。

他不願再看那些可憐的人，想換一個地方停歇，重又飛了起來。經過一條曲折的胡同，十分幽靜，卻聽得有三弦和女兒歌唱的聲音。便歇了下來，站在屋面上，有一扇玻璃的天窗，望進去可見屋內的一切。一個粗黑的大漢彈著三弦，一個十一二歲的女孩子和聲唱著。他就想，「這兩個人定是很幸福的，他們正奏樂唱歌呢。他們當然知道音樂的趣味，此刻不曉得快活到怎樣。」因為羨慕他們，就仔細地聽著。

誰知他的推想又有些不大對。那個唱歌的女孩子面孔漲得紅了；在迸出高音的時候，眉頭皺了好幾回，顴骨上面的筋也漲粗了，她的胸部屢屢聳起，似乎來不及的樣子。歌詞從口腔內流水一般的滾出來，幾乎塞住了進出的氣，因此聲音有些沙了。那個彈三弦的人便呵斥道，「這種聲音，人家哪裡愛聽！這一段須重行練習！」女孩子十分恐懼，回轉去復唱剛才所唱的。她怕再有沙聲出來，勉力耐住，面孔紅而紫了，差不多哭泣的樣子。

畫眉於是明白了，「原來她為了人家而唱的。至於她自己呢，唱到這等情形，最希望的只在能得歇一歇。可是不能；必須練習純熟，才能唱給人家聽，練習的工夫又豈能短少？那個彈三弦的人呢，也是為了人家而逼著她練習。人家聽唱歌，要三弦和著，他就彈他的三弦。什麼意義，什麼趣味，他倆一樣的夢想不到！」

他很覺得悲哀，一個人只替代了一件音樂器具！心裡不爽快，嘴裡便哀切切地唱起來了。他的歌裡可憐那些不幸的人只為著別一個人努力，可憐他們做的事沒有一些意義和趣味。

畫眉鳥決意不再回去，不願意再住在宮殿一般的鳥籠裡。他因為看見了許多不幸的人，覺悟自己以前的生活也是很可悲哀的。沒有意義的唱歌，沒有趣味的唱歌，本來是不必唱的。為什麼要為哥兒而唱，要為哥兒的姐妹兄弟們而唱？當初糊糊塗塗，以為這種生活還可以；現在看見了他同運命的人而覺得悲哀了，對於他自己當然更感深刻的心傷。他哭了好多回，眼淚紛滴，仿佛啼血的杜鵑鳥。

他宿在荒野的荊棘樹上；饑餓的時候，隨便找些野草的果實吃；也隨便在溪水裡洗浴。白天還是活動飛舞，不過沒有金銅的籠欄圍住他了。不論什麼地方他都可停歇，看見了不幸的東西，便哀切切地唱一回，發抒心中的悲傷。說也奇怪，唯獨這一種歌唱很覺得愜心適意，耐住不唱，轉覺十分難受，唱了出來，才得開一開胸臆。他起始辨知歌唱的意義和趣味了。

不幸的東西填滿了世界，都市裡有，山野裡也有，小屋子裡有，高堂大廈裡也有。畫眉看見了，總引起強烈的悲哀。隨著就唱一曲哀歌；他為自己而唱，為發抒自己對於一切不幸東西的哀感而唱。他永遠不再為某一個人，或某一等人而唱了。

可是，工廠裡做倦了工的工人，田畝中耕倦了田的農夫，織得紅了眼的女子，跑得折了腿的車夫，褪盡了毛的老黃牛，露出了骨的瘦騾子，牽上場演戲的猢猻，放出去傳信的鴿子，……聽了畫眉的歌唱，都得到心底的安慰，忘記了所遭的不幸；一齊仰起了頭，露出微笑，柔語道，「可愛的歌聲，可愛的畫眉鳥！」

一九二二，三，二四。

玫瑰和金魚

含苞的玫瑰開放了，彷彿從睡夢中醒過來。她張開眼睛看自己，鮮紅的衣服，嫩黃的胸飾，多麼美麗。更看四周圍，暖的金的陽光照出一切東西的喜悅。柳枝兒飄飄，是美女郎的舞蹈。淡雲兒浮浮，是小仙人的輕舟。鶯兒歌唱，唱芳春的歡樂。桃花姐笑，笑芳春的溫柔。凡是到她眼前的，無不可愛，無不美好。

玫瑰回想她未醒以前的情形：她是被栽培於一位青年的；綠瓷的盆是她的家。那青年篩取勻淨的泥壅在她的腳下；汲了清泉供她取飲。狂風的朝晨，急雨的深夜，總將她移入室內，用細簾掩護著。溫風吹了，暖陽來了，重又移到庭中，使她得到舒暢地呼吸、和煦地照拂。她想到了這些，非常感激那青年。她就似說似唱道，「青年真愛我！青年真愛我！使我遊戲於芳春，使我嘗一切的快樂，全是青年的賞賜。他不為別的，單只為愛著我。」

老桑樹嘆道，「小孩子，全不懂世事，在那裡說癡話！」他的臉上皺紋很深，有些地方突起得很高，真是個醜臉。玫瑰不服他的話，只斜睨著眼睛，抿著嘴，不作聲響。

老桑樹發出枯老的聲音說，「你是個小孩子，沒有經過什麼事情，難怪你不肯信我的話。但是我是經歷了許多世事的，從我的經歷，真實地告訴你，你所說的全是癡話。我且講我的故事給你聽。我和你一樣，受人家的栽培，受人家的灌溉。因而抽出挺長的枝條，發出濃綠的肥葉。園林之中，也可算一個極快樂極得意的。照你的意思，不是單只為我被愛於人家麼？誰知全然不對！人家並不曾愛我，只因為我的葉有用，可以喂他們的蠶，所以他們肯這麼費力。現在我老了，我的葉薄而小，於他們無用了，他們也就不來理我了。小孩子，我告訴你，世間沒有不望報酬的賞賜，也沒有單只為愛著而發出的愛。」

玫瑰依舊不相信，她想青年的愛總是單只為愛著的。便笑著回答老桑樹道，「老桑伯伯，你的遭遇確可憐。幸而我所遇的青年不是這等負心的人，請你不必憂慮。」老桑樹見她終於不信，也不再說；身體微微地搖了幾搖，表示他的有識和孤憤。

小缸裡的冰融解的時候，金魚像久伏在屋子裡的人大開了門窗一樣。覺得異樣的暢快。他游到水面，從新綠的水草間過去，越顯得自己的美麗。斜出在頂上的樹枝已經有綠意了。吹來的風已經很柔和了。隔年的鄰居，如麻雀之類，已經叫得很熱鬧了。凡是到他眼前的，無不可愛，無不美好。

金魚回想他已往的生活：他是被畜養於一位女郎的；所居的水缸由碧玉斫成。那女郎剝著饅頭的細屑喂他，更命婢女撈了河裡的小蟲喂他。強烈的陽光來了，便在缸面蓋上竹簾，防他受熱。劇冷的西風起了，便在缸邊護上稻草，防他受寒。她又時時在旁守護，免得鷹兒欺他，貓兒嚇他。他想到了這些，非常感激那女郎。他就似說似唱道，「女郎真愛我！女郎真愛我！使我玩賞美景，使我享受一切的安舒，全是女郎的賞賜。她不為別的，單只為愛著我。」

老母羊笑道，「小東西，全不懂世事，卻在那裡說癡話！」她瘠瘦的臉上，帶著固有的笑容；全身的白毛幾轉而為黑，因為染了垢汙，而且卷結得紛亂極了。金魚不甘受她的嘲笑，眼睛突得更出，眨了幾眨，表示他的怒意。

老母羊發出帶沙而慈祥的聲音說，「你還是個小東西，事情經得太少了，難怪你不服我的話。但是，我是經歷了許多世事的，從我的經歷，真實地告訴你，你所說的全是癡話。我且講我的故事給你聽。我和你一樣，受人家的飼養，受人家的保護。我有過綠草平鋪的散步場，也有過暖和雅潔的屋子。在牧地之中，也可算一個極舒服極滿意的。照你的意思，不是單只為我被愛於人家麼？誰知全然不對！人家並不曾愛我，只因為我的乳汁有用，可以喂他們的孩子，所以他們肯這麼費心。現在我老了，我沒有乳汁供給他們的孩子了，他們也就一切不管我了。小東西，我告訴你，世間沒有不望報酬的賞賜，也沒有單只為愛著而發出的愛。」

金魚依舊不領悟，眼睛還是眨著，怒意沒有全消，他想女郎的愛總是單只為愛著的。便不很高興地回答老母羊道，「老羊太太，你的遭遇確可憐。但世間的事情不是一個版子的，一樁未必就可以例多樁。幸而我所遇到的女郎不是這等負心的人，請你不必憂慮。」老母羊見他終於不悟，也就閉了口；鼻孔裡吁吁地呼氣，表示她的老練和憂慨。

青年和女郎互相戀愛了，彼此佔有了對方的心。他倆每天午後會見，並坐在花園裡花墩旁一條涼椅上。甜蜜的談話比鳥語還要好聽，歡悅的笑容比夜月還要好看。假若有一天午後不到花園裡去，便大家如失了靈魂，一切都不舒服。所以也從沒有一天午後，花園裡絕了他倆的蹤和影。

這一天早上，青年走到庭中，搔著頭只是凝想。他想女郎的愛他到了很高的程度了，這是可以歡慰的。但若能設法使她更為增高，不是更好麼？知心的話語差不多說完了，情愛的接吻差不多接厭了，除了將平日盡心養護的東西贈與她，再難有可靠的增高愛情的法子。他因此就想到了玫瑰。他看玫瑰這麼鮮紅，正配她的美麗的顏色；這麼含蕊若羞，正配她的處女的情態；送給了她；一定使她十分歡喜，因而增加相愛的程度。他想定了，微笑地點了點頭。

玫瑰見青年如此，也笑著點了點頭；更回頭看著老桑樹，現出驕傲的顏色，說，「你不看見他愛我，單只為愛著我麼？」

同時女郎也起身了，她掠著蓬鬆的頭髮，倚著碧玉水缸只是沉思。她想青年的愛她到了很高的程度了，這是可以歡慰的。但若能設法使他更為增高，不是更好麼？濃密的情話差不多盡傾了，戀愛的偎抱差不多做慣了，除了將平日專意畜養的東西贈與他，再難有可靠的增高愛情的法子。她因此就想到了金魚。她看金魚這麼靈活，正可比他的俊美可人；這麼珍貴地養護，正可顯出自己贈與的厚意；送給了他，一定使他十分歡喜，因而增加相愛的程度。她想定了，將右手小指含在唇間，微微地一笑。

金魚見女郎如此，樂得如梭子一般往來游泳；更抬起了頭，望著老母羊，現出得意的神態，說，「你不看見她愛我，單只為愛著我麼？」

青年執一柄剪刀，將玫瑰剪了下來，帶到花園裡去，會見他的女郎。女郎取一個玻璃瓶，將金魚撈起，盛在瓶內，帶到花園裡去，會見她的青年。

他倆見面了。青年舉起玫瑰，正當女郎的面前，笑顏說，「我的愛人，我贈你一朵可愛的花，這花是我竭了經年的心力的成績。願你永永與花一樣的美麗，願你永永記著我贈與的心情。」女郎也舉起手裡的玻璃瓶，正當青年的面前，柔語道，「我的愛人，我贈你一尾可愛的小東西，他是我朝夕看護著的。願你永永與他一樣的活潑，願你永永記著我贈與的心情。」

彼此手裡的東西交換了，各吻著所得的贈品，說，「這是愛人的贈品，吻此仿佛吻

愛人。」果然，他倆愛情的程度增高了。一樣的一句平常說慣了的話，聽著覺有新鮮的甜蜜。一樣的一副平常見慣了的笑顏，對著覺有特殊的歡欣。他們不但互佔有彼此的心，且因愛情的增高，幾乎融成一個心了。

玫瑰哪裡料得到有這麼一剪刀呢？忽然間的痛楚，使她周身痲木。待徐徐回復過來，已在女郎的手裡。回想剛才的遭歷，一縷悲哀，幾欲哭出來；可是，全身覺得很乾燥，淚泉不知何時枯涸了。女郎回去的時候，將她插在一個霽紅的花瓶裡。她是未經憂患的。離家的傷心，愛情的錯認，如何擔當得起，只憔悴地低了頭。不到晚上，她就死了。女郎說，「這玫瑰乾枯了，留在這裡可厭；明天下午，青年當有更好的花贈我呢。」於是婢女將玫瑰的屍骸丟了。

金魚也哪裡料得到有這麼一番顛簸呢。從住慣了的碧玉缸中，隨水流入一個狹窄不堪的玻璃瓶裡，使他氣悶而昏暈。待神思漸清，見所居的小瓶已在青年的唇邊。想要游泳迴旋，頭和尾觸著瓶壁，腹部貼著瓶底，竟不得動彈，只能抬起了頭嘆氣。青年回去的時候，將他擺在書桌上。他是自滿慣了的，新居的不堪，愛情的錯認，如何擔當得起，只瞪瞪地張著悲哀的雙眼。不到晚上，他就死了。青年說，「這金魚死了，須得丟了他；明天下午，女郎當有更可愛的東西贈我呢。」

於是金魚的屍骸被拋棄了，就在枯玫瑰花的旁邊。

過了幾天，玫瑰和金魚的屍骸腐爛了，發出觸鼻的臭氣。這是不論什麼花不論什麼魚同樣的下場，值不得人家的注意；青年和女郎當然不會注意到，他們自有別的新鮮的贈品互相饋遺，增進他們的愛情。

只有老桑樹臨風發乾澀的聲音，老母羊仰首作哀切的長鳴，在玫瑰和金魚的屍骸旁邊。

一九二二，三，二六。

花園之外

春風來了，細細的柳絲上不知從什麼地方送來些嫩黃色。定睛看去，又說不定是嫩黃色，卻有些綠的意思。他們的腰好軟呀！輕風將他們的下梢一順地托起，姿勢整齊而好看。默默之間，又一齊垂下了，彷佛小女郎梳齊的頭髮。

兩行柳樹中間，橫著一道溪水。不知由誰斟滿了的，碧清的水面幾與岸道相平。細的勻的皺紋好美麗呀！彷佛固定了的，看不出波波推移的痕跡；柳樹的倒影清清楚楚可以看見。岸灘紛紛披著綠草，正是小魚們小蝦們絕好的住宅。水和泥土的氣息發散開來，使人一嗅到，便想起這是春天特有的氣息。溫和的陽光籠罩溪上，更使每一塊石子、每一粒泥砂都有生活的歡樂。

溪旁的岸上，柳絲的底下，一順著經過的是華麗的車輛：馬拖著的，輪子著地絲毫沒有聲息，滑一般的過去。白銅的輪輻耀人眼睛；烏漆的車箱光亮到可以代鏡子；巨大的玻璃，明呀，明呀，明到說不出。人拖著的，一樣的輕快非常。潔白的坐褥，花紋的車毯，玩具似的手揿的喇叭，色色都是精美不過的。還有仗機器力鼓勵著的，仿佛神異的巨獸，極闊的身軀，圓睜的眼睛，滾一般的飛奔而來，剛到眼前，又滾一般的飛奔而去，小了，小了，不見了，卻還隱隱聽得他的奇怪的吼叫。

那些車輛裡面，坐在滿心裝著快樂的人。快樂也有分量的，所以拖車的馬出汗了，拖車的人氣喘了，運車的機器也發出軋軋的疲倦的聲音了。但是，坐著的人只顧懷著他們滿心的快樂。他們將笑容向四圍，歡愉的眼光看著柳綠，恬靜的沉思對著溪水，又時時仰鼻吸氣，嘗嘗芳春的滋味。於是，其中肥胖的先生們臉肉寬弛而抖動了；老太太們眼腔疊皺，乾癟無齒的嘴大張了；年青女郎們手帕舞動，歌聲徐發了；小兒們跳躍不歇，張臂欲下了。此時拖車的馬出汗愈多，拖車的人氣喘愈急，運車機器的軋軋的聲音也愈疲倦。

他們到什麼地方去呢？溪水轉折處，是一所花園。春風來了，睡著的花園醒了。他那初醒而還帶倦意的姿態，他那甘芳的新發的氣息，他那小伴鳥兒們的低唱，都足以招引他們的蹤影。況且他們是滿心裝著快樂的，知道他那裡是快樂的銀行，自然都向他奔了，猶如每一滴水總喜歡歸到海裡去。

長兒站在花園門口已經兩三天了。他聽了鄰家伯母的講述，猜想這花園裡面一定是仙人的境界，要進去逛逛。他和父親是不容易見面的，他起身的時候，父親睡得正濃；等到同鄰兒們玩了半天之後回家，父親又不知去向了，直到他眼皮沉重時也不見回來。所以他只得向母親說明。他母親是給人家洗衣服的，大青布的圍裙常常沾得全濕，十個指頭黃黃地發腫。她聽了長兒的話，便發怒道，「花園？你配逛花園！」以下不說了，照常搓著手中的衣服，肥皂水刻刻飛濺開來。

長兒不敢再開口，可是他實在不明白母親的話，為什麼他不配逛花園？誰才配逛花園？關於這些問題，鄰家的伯母沒有說及。除了鄰家伯母，更沒有懂得道理的人了，他這樣想。他就默默地懷著這個疑惑，睡他的覺，做他的夢，以及……

他的腳下彷彿有魔法似的，不知不覺，將他的身體載到了花園門口。闊大似牆的門開著，望進去只見密密層層蔥蔥綠綠的樹。己身和樹林的中間並沒什麼阻隔，也不見旁邊有什麼人或東西。他就奔進去，步子比平時的奔跑更高更快。

不知身體的哪一部分給什麼東西絆住了。用力舞動也脫不脫，頭腦卻昏昏了。模糊地聽得一個聲音道，「和誰一塊的？」他才看清楚旁邊站著一個大漢，自己的右肩膀給他抓住了。這個可怕的大漢，臉皮很粗糙，與橘皮相彷；鼻頭和鼻的四圍紅得像轉了色的蠟燭；眼珠很大，瞳子的光正射著自己呢；右肩膀上那隻手也大得厲害，右肩膀給他抓住了，彷彿捆上了幾十道麻繩，緊脹得難受。

長兒心裡恐嚇，答不出話，只瞪著兩隻眼睛。那個大漢推動他的肩膀說，「我問你，你和誰一塊的？」長兒的喉間忽然潤滑了，答語便漏了出來，「我和自己一塊的。」這句話引得那大漢笑了，笑的面孔更可怕，說道，「既然一個人來的，買了票子再進去！」

「我不要買票子，我到園裡去逛逛。」長兒說著，欲脫身就跑。那個大漢怒了，瞳子的光更為明亮，鼻頭部分的紅色也擴大了範圍，大聲喝道，「小流氓！要想不出錢逛園麼！快與我滾開去，不用裝什麼假！」大漢說罷，就放手一推。長兒的身體搖搖地倒退了幾步，終於站不住，一跤坐在地上，兩手自然而然向後支撐著。這一來，引得門外的許多車夫狂醉一般的笑起來了。

長兒聽見了多人的笑聲，才看見花園門外有這麼多的車輛，這麼多的人。他覺得不好意思，慢慢地爬了起來，勉強微笑著，裝作沒事的樣子。其實他正在留心許多人的眼光；到一個時候，他以為他們都不注意自己了，便飛快地溜走了。趕到家裡，母親依舊洗她的衣服，不問他什麼。他也不向母親說什麼。

仙人境界似的花園總繫著他的心。停不多時，他覺得家裡沒趣，又走出了門。

任兩條腿走去，偏偏不到平日捉迷藏的樹林中或者滾鐵環的空場上，卻又到了花園的門口。他有了先前的經驗，不敢便奔進去。那個大漢又兀然地坐在門旁那所屋子裡。他只在門外悄悄地走來走去，有時伏在歇著的人力車的背後，有時坐上了馬車後面的小椅，有時竟大膽地在門旁張望。直到車輛的輪子轉動，轉得一輪也不留；暗黑隱沒了園門，大漢的屋裡放出一星的火光，他才回到家裡。明天起來了，照常做他的功課，在園門外來去。

一輛馬車在花園門外停了；那匹馬立足未穩，向後挪了幾挪。馬夫跳下來，開了車箱的門，一位先生、一位夫人扶了兩個孩子走出來。長兒一眼注視著這兩個孩子，更不見有其他的人。「他們穿著閃爍發光的衣服、長過了膝的襪，闊而著地有聲的鞋子。他們的面孔多紅呀，頭髮多光呀！他們走進園門去了，一跳一跳地，多自由呀！大漢在哪裡了？為什麼不出來抓住他們？他們走近了密密層層蔥蔥綠綠的樹林了，進去了，……」長兒這麼想著，很奇怪，覺得自己的身軀也走進了樹林了。多麼歡喜呵！想望了好久，此刻竟如願了。他就在樹蔭下奔過去。

深的樹林似乎沒有盡頭的，一棵一棵的幹木仿佛頂住了天的柱子。在樹枝上面，有許多松鼠跳躍往來；更有紅臉的猴子坐在那裡、掛在那裡，正像演把戲的人所牽的一樣。他更看見奇異的事情了，水果鋪子裡的紅的黃的紫的種種東西，怎麼都生在那些樹枝上頭！他便想，大約水果鋪子裡到這裡來採的。現在何不也採些吃吃呢？正想舉起手來，身體給一輛剛到的人力車一撞，他才醒覺了；原來他還站在園門口，沒有走進花園。

他呆呆地看著四圍，卻沒有看見什麼。人力車第二回撞到他身上時，他不自主地偏過了一點。忽然眼前一耀，一件可愛的東西出現了。這是一束鮮紅的花，從園門裡出來，近了，近了，近到他的身邊。花的一瓣瓣都在抖動；聞到一種說不出的香氣。可是，霎時間就過去了，遠了，不見了。他想，「這是花園裡頂好的東西，我要取得一點才好。剛才沒有拉住了，真是可惜！不要緊，花園裡的花多著呢。我採一束，供在母親的床頭。再採一束，預備演戲時紮在帽子旁邊扮小英雄。更採一束，種在家的門口，讓他永久開著……」很奇怪，他已在花園裡的花圃旁邊了。

紅的花堆得山一般高，他眼裡只看見紅色。忽然花笑了，默默地對他笑。從笑著的花臉上，滴下一滴一滴香甜的水。流到地面，凝成紅色的香糖。他舌根起了甘甜的感覺，想拾一些送到嘴裡，卻又見是紅鮮的果子，並不是香糖。他想果子也好，便拾了一滿懷。更想花兒不可不採，又放下了果子採花。一枝半開的，正好插在母親的床頭，便採了。一枝細小的，正好紮在帽子旁邊，便採了。一枝繁茂的，正好種在家的門口，也舉起了手想採了。忽然給汽車的吼叫喚醒；原來他還站在園門口，沒有走進花園。

這是何等的悵惘！香糖沒有了，果子沒有了，只有舌根的甘甜的感覺似乎還留著。他向園裡望去，依舊只見密密層層蔥蔥綠綠的樹林。樹林裡面，音樂聲透出來了。「鼓的聲音清脆而圓滾。喇叭的聲音彷佛水牛的長鳴。長笛的聲音最尖銳，他似乎是率領其他樂器的樣子。還有敲擊鋼鐵的聲音，比鐵鋪子裡的好聽些。這大約是那些穿藍衣的音樂隊員吹奏給遊客們聽的。那個吹喇叭的，面孔一定脹得像河豚了。那個吹長笛的……」很奇怪，他覺得在園內一個亭子旁邊了。他就倚在欄杆上，歡歡喜喜地聽著。

在亭子裡面吹奏的都穿著藍色的衣服，胸前和肩臂繡著好看的花紋。樂器發出金色的光，將那些人耀得花花爛爛的。他們奏了一曲小調兒，又奏了一曲時行的山歌。忽然改奏戲腔了，正是廟場裡聽慣的那幾句。他跟著樂聲唱著，樂聲也奏著他的聲調。「開步走，開步走。」音樂隊在花園裡的草路上走著，他領了頭。

他舉起了手指揮他們轉彎，身體給從花園裡奔出來的兩個孩子撞了個旋，他才覺醒了；原來他還站在園門口，沒有走進花園。

那兩個孩子就是先前進去的，他們遊罷了花園出來了，手裡各握著許多糖果。他們撞了長兒，好像沒有這回事；很驕傲地跟著父母跨上馬車，車輪便軟軟地轉動了。

長兒悵悵地望著遠去的馬車，又回頭看看園門以內。他似乎逛過了花園了。但是，他終於沒有知道這是怎樣一個花園，雖然只隔一道圍牆，而且園門還洞開著呢！

一九二二，三，二七。

祥哥的胡琴

一條碧清的溪旁，有一所小小的破屋。牆壁穿了，風和太陽光、月亮光在那裡白由出進。柱子露出了，好像粗鬆的酥糖，因為蛀蟲在那裡居住。屋面鋪著的稻草轉成了灰白的顏色；原來的金黃給東方、南方、西方、北方的風吹去了，給雲端裡的雨洗去了。那屋子的影子倒映在溪底，快樂的魚兒們可以看見。月明的時候，影子又鋪在溪岸和田面，半夜醒來的鳥兒們可以看見。

破屋裡面住著祥兒和他的母親。他的父親臨死的時候，一件別的事情也不叮囑，只指著牆上掛著的胡琴，斷斷續續地說，「阿祥，我沒有家產傳給你；只有這胡琴，你受領了我的罷！」祥兒不懂他父親說的什麼；他母親卻哀傷到哭不出聲音了。這時候他父親就死了。

這胡琴是他父親時常拉著玩的。本來青色的竹竿，因手的把握，轉為紅潤了；塗松香的地方磨蝕了好些，成深深的低紋；糊著的蛇皮也褪了顏色。繁星滿天的夏夜，輕風吹來的秋晚，他父親拉著胡琴，奏出許多的調子。種田倦了，割草乏了，也拉這麼幾曲；正像別個農夫休息時候，一定要吸幾筒旱煙。便是極冷的冬天，白雪軟綿綿地蓋著屋面，鳥兒緊擠擠地歇成一團，我們也可以聽見他從屋子裡發出的胡琴聲。

父親的棺材被抬出去了，胡琴還掛在牆上。風從壁洞裡吹進來，只見那胡琴輕輕地左右搖擺。陽光和月光射進來，在牆上顯出個模糊的影子，正像舀水的瓢。祥兒看著，很覺得有趣，以為這搖擺是神仙的法術，影子是神仙的圖畫。

母親織了一會草席，便指著牆上的胡琴說，「阿樣，爺將這東西傳給你。你也像爺這樣會拉了他，我才歡喜呢。」祥兒不大明白這些話，只對著牆上這東西呆相。當吃飯的時候，母親又指著牆上的胡琴說，「阿祥，爺將這東西傳給你。你也像爺這樣會拉了他，我才歡喜呢。」祥兒還只是呆呆地相著。明天早上，他從母親懷中醒來，母親又教訓他了，「阿祥，爺將牆上這東西傳給你。你也像爺這樣會拉了他，我才歡喜呢。」

到祥兒四歲滿足的時候，母親從牆上取下這胡琴，授給他手裡。她說，「現在你能夠拉這個東西了。我希望聽你拉出好聽的調子，同你爺所拉的一樣。」祥兒手捧著胡琴，這正是天天見面的老朋友。但是怎麼拉法，他全然不懂。偶然移動這個弓一般的東西，卻發出鋸木似的聲音。他就這樣的移動著。母親看著他，臉上現出笑容，說，「我的聰明的兒！」

移動胡琴上這弓一般的東西，是祥兒的新功課了。他不但在家裡做這功課，他走到溪邊，走到市集，也一樣地做他的功課。打魚的漢子坐在溪邊下網，笑他道，「鋸木頭似的胡琴，比你爺拉得更好聽呢！」洗衣服的王老太蹲在岸頭，也笑他道，「叫化胡琴，也算接續你的爺麼！」市集裡的孩子們追著他喊道，「可厭的聲音，不如留下胡琴送給我們！」他不去聽他們說些什麼，只拉著弓弦隨處遊行。

他也走到沒有人的地方，四圍只望見高山，較近處有很大的樹林。他手拉著弓弦，耳聽著所發的聲音，很覺快活。忽聽得有一個聲音道，「小弟弟，要拉成好聽的調子麼？我可以教你。」他四面尋看，一個人也沒有。奇怪極了，是誰在那裡說話呢？正在疑惑，那聲音又說道，「小弟弟，我在這裡，你低下頭來，就看見了。」他低下頭看，原來是一道清澈的泉水，活活地流去，唱著幽靜的曲調；底下有許多五色的石子，圓滑得十分可愛。

他歡喜地回答道，「泉水哥，你肯教我，我感激你。」泉水說，「你聽著我的曲調，一面將胡琴和著罷。」說完之後，重又歌唱起來。祥兒側耳聽著，很懂得曲調裡的意思。便拉動弓弦和著，不復發鋸木似的聲音了。起初胡琴聲和泉水的曲調相接應，後來竟合做一塊，分不出哪個是泉水的，哪個是胡琴的。他們兩個起勁極了，只顧奏著音樂，忘記了一切。後來還是泉水要休息，先奏得徐緩一點。他對祥兒說，「你的調子很好聽了。我現在要睡眠一會，明天再見罷。」他的曲調愈低微了。祥兒與他分別了，向前走去。

他拉著新學會的曲調，聲音從四山回轉來，化為很複雜的。他聽聽很覺快活，忽然又聽一個聲音道，「小弟弟，要

再學會一種好聽的調子麼？我可以教你。」他四面尋著，一個人也沒有，奇怪極了，難道泉水哥睡醒了覺，追了上來麼？正在疑惑，那聲音又說道，「小弟弟，我在這裡，你抬起頭來，就看見了。」他抬起頭看，原來是一陣輕和的風，飄飄地，仙人一般地吹過，唱著柔婉的曲調；小草們、野花們正聽得點頭呢。

他喜歡地回答道，「風兒哥，你肯教我，我感激你。」風說，「你聽著我的曲調，一面將胡琴和著罷。」說完之後，重又歌唱起來。祥兒側耳聽著，很懂得曲調裡的意思。便拉動弓弦和著，比什麼人做什麼事都細心。起初胡琴聲和風的曲調相接應，後來竟合做一塊，分不出哪個是風的，哪個是胡琴的。他們兩個樂意極了，一會快，一會慢，一會高，一會低，只顧吹奏。小草們、野花們聽得有些醉了，盡點著他們的頭。後來還是風要走了，先住了口。他對祥兒說，「你多了一種好聽的調子了。我現在要到別處去了，有機會我們再見罷。」他就飄飄地去了。祥兒與他分別了，向前走去。

他將新學會的調子輪流拉著，不覺走進了樹林。拉泉水的調子時，就想起活潑的泉水哥。拉風的調子時，便又想起輕巧的風兒哥。他又聽見一個聲音了，「小弟弟，再多學會一種好聽的調子，不更好麼？我可以教你。」他四面尋看，一個人也沒有。奇怪極了，又是誰來做音樂教師呢？正在疑惑，那聲音又說道，「小弟弟，我在這裡，你向綠葉深處仔細地望望，就看見了。」他向綠葉深處仔細地望去，原來是一隻美麗的鳥兒，極玲瓏地從這枝飛到那枝，唱著優美的曲調；這些綠葉圍成的空間正像他的跳舞廳。

他喜歡地回答道，「鳥兒哥，你肯教我，我感激你。」鳥兒說，「你聽著我的曲調，一面將胡琴和著罷。」說完之後，重又歌唱起來。祥兒側耳聽著，很懂得曲調的意思。便拉著弓弦和著，手腕非常靈活，可以隨他的心意。起初胡琴聲和鳥兒的曲調相接應，後來竟合做一塊，分不出哪個是鳥兒的，哪個是胡琴的。他們兩個開心極了，眼和眼對看著，大家現出微笑。後來還是鳥兒渴了，要喝一些水，先停了歌唱。他對祥兒說，「你學會的好聽調子更多了。我現在要去喝一點水，洗一個澡，以後再見罷。」他飛出樹林去了。

從此之後，祥兒能拉出奇妙的調子，不是泉水的，不是風兒的，不是鳥兒的，卻是將他們的曲調融和在一塊而變化出來的新鮮的。這仿佛將幾種顏色調和在一塊，化成新鮮的顏色一樣。他時時去看看泉水，看他睡醒了沒有。泉水說，「你的曲調比我的好聽了。拉一曲給我聽，催我的睡眠罷。」他又時時去望望風兒，同他談談心。風兒說，「你的曲調勝過了我。拉一曲給我聽，使我歡喜罷。」他更時時去訪問鳥兒，看他歌舞得怎麼高興。鳥兒說，「現在你可以教我了。拉一曲給我聽，使我學會些新的調子罷。」他們這麼說，他聽了都快活，便將自己新造的曲調儘量地拉給他們聽。於是泉水穩穩地睡眠了，風兒淺淺地微笑了，鳥兒婉婉地學唱了。他又同其他的泉水、風兒、鳥兒做朋友，隨時去尋訪他們。他們個個歡喜他，各唱自己的調子給他聽，也要求他拉出他獨創的新調來做報酬。

祥兒長成了；胡琴的調子變化得更奇妙，更新鮮。母親早已快活得不了，她說，「你拉胡琴，真像你的爺了，使我非常歡喜。你可以帶了爺傳給你的胡琴出去，將你的曲調散布人間了。」祥兒聽了母親的話，就離開了溪旁的破屋。

都市地方有一所音樂院，建造得十分華美。階級和柱子都由大理石雕成。樂臺上絲織的帷幕，鮮花的屏幛，金光的裝飾，使人眼睛昏花。凡是大音樂家都曾在這裡唱奏過。唱奏的時候，聽眾坐滿了一院；男的女的都是高貴的氣概、華麗的服飾，閉著眼，點著頭，表示他們能夠賞識樂曲的妙處。一曲完了，大家拍著手掌，輕輕地，卻又很沉著，表示他們從這一曲裡得到了快樂。於是這演奏的音樂家的名譽就增高了。

祥兒走入都市，音樂院裡請他在那裡奏胡琴。預先幾天，街上已貼滿了彩畫的大廣告。上面寫著，「奇妙的調子，新鮮的趣味，田野的音樂家。」那些字的形體很奇怪，格外引人家的注意。到了那一天，演奏的時刻還沒有到，座位已經坐得滿滿了——坐的自然是平日來慣了的老聽客。他們都望著樂臺，張開了口，好像等吃什麼東西似的。

祥兒登臺了，穿著半舊的青布衫，提著父親傳下來的胡琴。他向聽眾鞠躬。聽眾卻在那裡皺眉頭。「見過了整百整千的音樂家，哪裡有這樣鄉下人似的！這胡琴又多麼難看，竟像乞丐手裡拿的。」聽眾正這樣想，祥兒將弓弦拉動了。弦音流動於院中，大眾很靜默，可以聽得十分清楚。可是，不多時候，低微的人聲漸漸地起了，越來越高，仿佛海潮。祥兒的胡琴拉得更急更響，嘈雜的人聲也追上去，似欲蓋過了他。模模糊糊聽得眾人說道，「從來沒有這種調子！……一毫趣味也沒有！……不知哪裡來的乞丐！……他是騙子，冒充音樂家！……我們的耳朵髒了，必得去洗一洗！」大家向後走了，退出這音樂院去洗耳朵。老紳士們的鬍子翹了起來，貴夫人們的粉臉脹紅了，公子小姐們嘴裡喃喃地咒罵，表示他們的憤怒。直走到只剩祥兒一個人在臺上，他就停止了拉奏，也走出院門；這時候他向著這大理石的建築一笑。

祥兒回到溪旁，走進小小的破屋。母親問道，「我叫你出去，將你的曲調散布人間。為什麼便回來了？」祥兒答道，「人家不要聽我的曲調，所以回來了。」母親便笑著，將他的頭抱在懷裡，說，「人家不要聽，我要聽的。你不要出去了，在家裡拉奏給我聽罷。聽了你的胡琴，我織草席更有力氣了。」她說著，更吻他的面孔，彷彿他幼時的情境一樣。

小小的破屋裡邊時時有胡琴聲透出來，繁星滿天的夏夜，輕風吹來的秋晚，農夫忙作的當兒，白雪蓋地的時候，遠近的村落都可以聽到。於是泉水們琤琤琮琮地，風兒們低低徐徐地，鳥兒們嬌嬌婉婉地和著唱了；田野就成為一個大音樂院。

當祥兒的胡琴聲領著泉水們的歌唱流布於空中時，彷彿溫柔的夢一般，輕輕地蓋上聽到的人的周身。倦乏的農夫精神恢復了，困頓的磨工神思清爽了，火灼皮膚的小鐵匠忘了熱痛，死掉兒子的老母

親解了悲哀，……一切人都覺得甜美舒適。他們一齊誠懇地唱道，「感謝祥哥的胡琴！」

這「祥哥的胡琴」正是大理石建築的音樂院裡的聽眾所不愛聽的。

一九二二，四，三。

瞎子和聾子

一處地方，住著兩個殘廢的人，大家說他倆很可憐的。他倆也自以為很可憐，一心地想有一位神奇的醫生給他倆醫治。或者仙人肯給他倆吃幾粒仙丹，將毛病解除了，也是他倆的願望。

他倆一個是瞎子，一個是聾子。

那瞎子從小就瞎了眼，從沒見過一絲兒光明。母親是怎樣笑的，小貓小狗是怎樣跑的，月亮是怎樣照的，花是怎樣開的，當然全不知道了。他還是起先有眼球而後來癟了的，還是本來就沒有的，人家不得而知。只見他兩條眉毛底下烏溜溜兩個深洞。這兩個洞又圓又黑，當他仰臥的時候，足可以容兩大杯的水。

那聾子從小就聾了耳，從沒聽過一些兒聲音。姐姐是怎樣唱的，鳥兒是怎樣叫的，風是怎樣吟的，泉水是怎樣嗚的，

當然全不知道了。他的容貌和平常人一樣。可是，人家同他談話的時候，破綻就來了。他看見人家對著他動嘴，就將耳朵湊近去，右耳不行，調轉來用左耳。那時他的口不自覺地張開了，眼梢起了無數的皺紋，面孔似笑不笑，正像一幅很有趣的圖畫。結果還是沒有聽見人家說的一個字。

瞎子聽人家告訴他，世間有可愛的光明，在光明裡邊，可以看見種種可愛的東西。他就十分地羨慕有眼的人，更十分地怨恨自己的殘廢。他說，「我若能看見一絲的光明，我就有福了。我聽人說螞蟻有眼睛，可以看見天和雲、山和樹、母親和弟弟。又聽人說蝙蝠有眼睛，可以看見夜遊的小蟲、躲在牆角的蚊子。我是世間最苦的一個了，不如一個螞蟻或蝙蝠！天呵，我能看見一絲的光明麼？」

聾子看見人家時時側著耳朵，猜想出世間有可愛的聲音，在聲音裡邊，可以聽辨種種可愛的調子。他就十分地羨慕不聾的人，更十分地怨恨自己的殘廢。他說，「我若能聽辨一些的聲音，我就有福了。我料想蝴蝶能夠聽，可以聽辨菜花的低語、薔薇的淺笑。我又料想小魚能夠聽，可以聽辨小溪的獨唱、水草和蛙兒的合奏。我是世間最苦的一個了，不如一個蝴蝶或小魚！天呵，我能聽辨一些的聲音麼？」他從小就沒有聽見過人家的說話，所以他的聲音有點兩樣。他說的不是學來的聲音，粗心聽時，只是「啞啞啞……」的，正像一個啞子。

瞎子最細心，他能夠聽得出蜒蚰的腳步聲和螞蟻的對語。聾子的說話雖然不大清楚，在瞎子卻很容易聽辨出來。他就想竭力勸慰聾子，因為他並不覺得聾耳朵是苦楚。但是開口說話是沒用的，要使聾子明白，只有對他作手勢。他就作以下的種種手勢：他指著心頭，又兩手團緊來，又搖著右手，表示「不要憂愁」。指著耳朵，又連搖著手，表示「耳聾是不要緊的」。指著鼻頭，又指著耳朵，同時點點頭，表示「我是能夠聽辨聲音的」。手指屢次從空間指向耳朵，又搖著手，表示「外來的聲音毫沒有什麼好聽」。指著自己深陷的眼眶，又指著心頭，兩手團緊來，表示「我的瞎眼是最可憂愁的」。向四面亂指，又指著眼眶，又搖著手，最後手掌翻向外邊，表示「一切東西都看不見，這是何等的失望！」

聾子是看慣了人家的手勢的，所以全能明白瞎子的意思。他就回答道，「你真不必憂愁呢。少了兩個眼球，有什麼要緊？我是有眼睛的，能夠看見的。但是，能夠看見有什麼好處！送到眼睛裡來的，不過是些雜亂零碎的東西罷了。我想，聲音是一切東西心底的叫喊。我單單聽不見這聲音，連自己的說話也聽不見，哪得不要憂愁？」

瞎子聽說，便作出種種手勢來回答，表示的意思是：「我以為光明是一切東西真相的照露。我單單看不見這光明，連自己的手指也看不見，哪得不要憂愁？」

聾子說，「我要聽見聲音，並不稀罕什麼光明，偏偏聾了朵。你要看見光明，並不稀罕什麼聲音，偏偏瞎了眼。假如我倆把所犯的毛病掉換了，豈不就大家舒服，同平常人一樣的開心麼？」

瞎子連連點頭，臉上現出笑意；雙手合攏來，像拜佛的樣子；表示「假若做得到，真要念一聲『阿彌陀佛』了。」

聾子道，「只要我們去尋訪，總可以如我們的願，得到調換毛病的方法。我們一同上路罷。」瞎子點頭，便牽著聾子的手。兩人商量停當，由聾子引路，由瞎子當翻譯，將所有聽得的話做手勢告訴聾子。

他倆走到一個醫生那裡，同聲說道，「我們一個聾子，一個瞎子。現在打算調換一下，聾子改為瞎子，瞎子改為聾子。你當能給我們出一些力。使我們如願之後，我們真心感激你這有本領的醫生！」

但是醫生搖頭回答道，「我從來沒有學習過這個，也從來沒有聽見過這種請求，請你們走開罷。」他倆失望地退出了醫生的家。門外一個老婆子卻很可憐他們。她說，「你們到這裡來，原是走錯了。從這裡往西，有一個樹林。裡面一所古寺，住著一個老和尚。他很有些法術，或者能夠如你們的願。你們去找他罷！」

他倆非常歡喜，謝了老婆子，往西走去。果然前面一個樹林，綠蔥蔥的似乎沒有盡頭的。走進樹林，果然有一所古寺，紅牆頭變成灰色了。走進寺裡，中間坐著一個老和尚，面孔皺得像樹皮，鬍子白得像雪。他倆就同聲請求道，「我們一個聾子，一個瞎子。現在打算調換一下，聾子改為瞎子，瞎子改為聾子。你當能給我們出一些力。使我們如願之後，我們真心感激你這慈悲的老和尚！」

但是老和尚也回絕了。他說，「這不是容易的事。我的法術幹不了這個。請你們走開罷。」他倆哪裡肯走開，只當他不高興出這一點力，便又懇切地請求。老和尚很為感動，溫和地說道，「我的確幹不了這個，可是，我可以指點你們一個地方，使你們如願。走完了這個樹林，有一個市集。市集東首有一個古老的風車。他可以幫助你們。你們去找他罷！」

他倆非常歡喜，謝了老和尚，出了寺門，再往西走去。越走，樹林越深，一絲天光也不漏下來。瞎子原不覺得怎樣，聾子可苦極了，睜開了眼睛，又用一手摸索，才不致撞到樹身上去。好久好久，他倆滿身體都是汗了，腳趾也覺得疼痛，才走完了樹林。但因調換毛病的心切，也不覺痛苦。

樹林盡處，果然是一個市集。市集東首，果然有一個古老的風車。他的葉子很舊很舊了，沾滿了灰塵，有幾處破碎的地方。風吹動時，葉子懶懶地旋轉，好像老年人懶於工作，勉強行動的樣子。他倆便很虔敬地同聲請求道，「我們一個聾子，一個瞎子。現在打算調換一下，聾子改為瞎子，瞎子改為聾子。你當能給我們出一些力。使我們如願之後，我們真心感激你這神異的老風車！」

風車繼續轉動，略微快一點，就發出乾老的說話聲，正像一架破舊的留聲機。他說，「你們的請求我可以照辦。可是，我先得關照你們，還是不要調換的好。不論什麼人，總覺得自己是吃苦，人家是快活。待到了人家的境地，又覺得是吃苦了。你們何必也這樣做呢？」

瞎子用手勢翻譯給聾子知道，然後兩人一齊說道，「我們一個能聽，卻不愛聽，只希望看；一個能看，卻不愛看，只希望聽。大家確信所希望是好的，調換了決不會懊悔。況且你使我們將聽和看的滋味都嘗到，就仿佛醫好了我們的殘廢。請你不要再疑慮，就給我們調換罷！」

風車笑道，「哈哈，關照你們，你們偏不信。若是不給你們調換，又見得我不肯幫助人家。可是，我只有給你們調換的本領，卻不能再調還來。若是掉換之後，又覺得不好，還是從前那樣好，我可不能幫助你們了。」

瞎子毅然答道，「我的希望在看見光明，光明是一切東西真相的照露。我若看見一絲的光明，我就有福了，哪裡會覺得不好？」

聾子也毅然答道，「我的希望在聽見聲音，聲音是一切東西心底的叫喊。我若聽見一些的聲音，我就有福了，哪裡會覺得不好？」

風車的葉子頓了幾頓，仿佛老人的點頭，說，「你們有這樣堅決的意思，我一定能如你們的願。你們站得近一點，待我扇三扇，你們就調換了。」

瞎子和聾子很快地奔到風車腳下，因為心裡十分高興。「呼，呼，呼，」風車的葉子扇了三扇，他倆調換了。瞎子的眼眶裡忽然凸起了兩個眼球，只覺——亮，描摹不出的——亮，他看見光明，看見種種東西了。同時他就聾了耳。聾子的耳朵裡仿佛開了扇門，只覺——響，描摹不出地——響，他聽見聲音，聽見種種調子了。同時他就瞎了眼。

在此地因為稱說的便利，叫原來的瞎子做「新聾子」，叫原來的聾子做「新瞎子」。現在是新聾子牽了新瞎子，新瞎子當新聾子的翻譯了。

他倆離開風車，向市集中走去。

說也奇怪，似乎市集中的人全知道他倆調換毛病的事情，當他倆經過時，起了一陣的紛擾。新聾子看見他們的形狀了，因為這是他新鮮的經歷，看得格外仔細。他們指點著他倆，臉上現出輕薄的笑容；嘴唇張動，雖然聽不出說些什麼，但依據從前的經驗，知是一派嘲弄的話語。他就想，「不料世間有這等難堪的笑容！他們的笑容裡，不是表示他們是健全，是幸福，是驕傲，我們是殘廢，是不幸，是羞恥麼？我懊悔看見了這個，尤其是初有眼球就看見了這個！」他這樣想，就牽著新瞎子很快地跑。

那時候新瞎子已聽見市集中人的話語了，因為這是他新鮮的經歷，聽得格外用心。他們很頑皮地聲氣笑他倆道，「真是新鮮的奇聞，瞎子變聾子，聾子變瞎子；可是總逃不了一個殘疾！你看，一個牽一個，攢眉側耳，多麼醜！」他雖然看不見他們是怎麼形態，但依據從前的經驗，知是一副奚落的臉面。他就想，「不料世間有這等難堪的聲口！他們的聲口裡，不是表示他們是健全，是幸福，是驕傲，我們是殘廢，是不幸，是羞恥麼？我懊悔聽見了這個，尤其是初能聽辨時就聽見了這個！」他這樣想，就推著新聾子，要他快點跑。兩個人步勢一齊，跑得馬一樣快。

一種勞困的喘息聲將新瞎子的腳步留住了。聽去是好多人的喘息，而且是老人。吁吁的呼氣，好像破碎了的皮球，還夾著些痰嗽。沉重的腳步聲，擔子擺動聲，搬渾磚瓦聲，都可以聽辨；不過總覺得這喘息聲特別的刺耳，也特別的不爽快。他不明白為了什麼，只全身起一種淒慘的感覺，很希望不要聽見這聲音。但是他的耳朵已經不聾了！

新聾子因新瞎子站住，也就站住。他看見許多老人在一片灰塵飛揚的磚瓦場中工作；他們擔著很重的磚瓦的擔子，背心彎得像鉤子了；枯瘦的臉因奮力而漲紅，汗流遍滿，好似塗了油；腳幾乎移不動，挺了一挺，抖了幾抖，才前進一步。他覺得這種景象全籠著悲哀。新生的眼球的周圍有點潮潤，他想大約是常聽人家說起的流淚了。酸麻的感覺從心裡透到眼鼻的部分，很不好過，使他希望不要看見這種景象。但是他的眼睛已經不瞎了！

結果還是一個牽著，一個推著，逃開一樣地趕快跑走了。新聾子失望地嘆息道，「我新生了眼球，已經看見了兩種不高興的景象！」隨問新瞎子道，「你的運道怎樣？可聽見了什麼可愛的聲音和可愛的調子？」

新瞎子指著耳朵，又伸出兩個指頭，又皺著眉搖頭，表示「開了關閉耳朵的鎖之後，已聽見了兩種不快意的音調」。

新聾子說，「我原已告訴你，音調沒有什麼好聽的。現在你可相信麼？」

新瞎子又作了幾個手勢，表示「我也曾告訴你，景物是沒有什麼好看的。現在你可相信麼？」

「不要互相責問罷！我們的快樂在我們的希望裡邊。我們且再向前走，希望你便得聽見可愛的音調，希望我便得看見可愛的景物！」

新瞎子聽了新聾子的話，點頭贊成。兩人的腳步裡又含有快樂的意味了。

忽然一片可怕的紅色將新聾子嚇住了；不辨是什麼東西，只覺心裡的血似乎要從嘴裡噴出來；腦子模模糊糊了；兩腳仿佛被釘住，不能移動。待清醒了些，才看出這是一頭豬的血，從他胸口流出來。那頭豬側臥在一條很髒的板凳上，屠夫的刀亮晃晃的正從他的胸口拔出來。新聾子便覺周身起一種難受的痛，像許多刀尖在那裡刺觸。眼梢帶及，又見幾片半爿的豬掛在一根橫木上，牙齒全露，像咬嚼的樣子，眼睛半開半掩，似乎在那裡窺人。他害怕極了，腦子重又模糊起來，兩手掩沒眼睛，大喊道，「我不要看了！」

那時候新瞎子聽見一種尖銳而哀慘的叫聲，驟然刺入耳朵，使他的心如受了狠毒的冷箭的刺傷。那聲音尖到極點，停止了，沒有聲息了。歇了一會，又是號哭似的闊大粗沙的聲音連連地叫著。接著血噴注出來的聲音聽見了，「托落……」流在一個什麼盆鉢裡。於是只剩微弱的垂死的呼聲了；一絲絲的低叫，使人的心膽幾乎粉碎了。他害怕極了，一個身軀似乎不復屬於自己，兩手掩沒耳朵，大喊道，「我不要聽了！」

一個喊「不要看」，一個喊「不要聽」，正是同一的時候。新瞎子聽了新聾子的話，便也作手勢，將自己的心意告訴他。

新聾子愕然道，「你也不要聽了麼！那麼，不是我們不再有希望，不會有快樂了麼？」新瞎子點點頭，表示「的確是這樣」。

他倆很淒寂地站在那裡。新聾子掩著新生的眼球，新瞎子掩著新開的耳朵，永永不放手；因為神異的風車不能再幫助他們一回了。

一九二二，四，一〇。

克宜的經歷

克宜是農家的孩子。他幫助父母種田，舉得起小小的鋤頭。他認識稻和麥的種類；辨得出泥和肥料的性質；什麼鳥兒是幫助種田人捕捉害蟲的，什麼風是吹醒一切睡著的花草的，他完全明白。朝晨起來工作，他和起早的太陽第一個照呼。晚上上床休息。溫和地笑著的月亮陪伴著他，輕輕地將柔美的夢覆蓋他的周身。他沒有不快樂的心思，也從不曾知道不快樂是什麼滋味。

從都市裡歸來的農人告訴克宜的父母道，「都市裡邊真快樂，一切生活的快樂是我們所想不到的。這回去看了一趟，彷彿做了個美麗而撩亂的夢，竟講不出怎樣的快樂。但是的確快樂極了。我們是老了，不一定要住在快樂的地方。我們的兒子年紀正青，不可不叫他們到那邊去住住。不然，我們不將幸福指導給他們，實在覺得有些對不起。」

克宜的父母聽說，心裡很為感動，便向克宜說，「鄰家伯伯從都市裡歸來，說那邊快樂到不可說。你是個年青的孩子，應當到那邊去住住，享受些快樂。我們是心愛著你的，所以幸福在什麼地方，總要指導給你。」

克宜很孝順，父母的囑咐他沒有不聽。這回父母要他到都市裡去，他自然很順從地答應了。

父母又說，「既然你也很願意去，你就放下手裡的鋤頭，早些動身罷。」

克宜便放下鋤頭，辭別父母，離開自己的田畝。走了幾步，覺得有些捨不得，重又回了轉來。和田裡種著的東西說了些離別的話，又和鳥兒合唱了幾個離別的歌。向風說，「你不怕遠行，送我一程罷！」向太陽說，「隔幾時再給你請晨安罷！你歸去的時候，遇見月亮，請叮囑她，不要過分紀念著我至於傷心呵！」一一都分別過了，他再回身向前走去。風依從他的話，跟隨在他的背後，一陣陣帶些田野的花香過來，使他覺得似乎還在田裡工作呢。

他走了一程，覺得有點疲倦了，就坐在一棵大樹下休息。風還是帶著花香吹來，他漸漸地朦朧了。忽然一種輕微而急迫的乾脆的撲翅聲驚醒了他，聽去知在頂上。抬頭看時，原來是一個蜻蜓，他飛錯了路，給蜘蛛網網住了。仔細地聽，那蜻蜓正在哀求他的幫助呢。「仁善的年青人，你救了我罷！我被拘在這裡半天了，再不想法逃脫，那坐在中央的魔王要開宴吃我了。仁善的年青人，只要你一舉手，我就有了命，快救了我罷！」

克宜聽了，很覺得可憐。就拾起一根掉在地上的小樹枝，舉起來輕輕一撥，那蜻蜓就脫離了網羅。那蜻蜓拿出一個小圓筒似的鏡子給他，說，「這個鏡子同我們蜻蜓的眼睛一樣，可以看見人的眼睛所看不見的事物。你若要知道一切事物將來的情形，用他一照就是了。因為你救了我的性命，所以將這寶貝的鏡子報答你。」那蜻蜓說罷，振動著膜翅飛去了。

克宜藏好了鏡子，不再休息，站起來重又前進。一口氣跑進都市，就在一家店鋪裡當一個徒弟。

他在那裡認識了好多東西，都是以前所不曾見過的。一個長方的匣子，裡面有幾枝針兒自己會得轉動，隔一會又自然發出鐘聲來；他聽人說這個叫做「鐘」，又聽人說敲五下六下的時候是朝晨，晚上敲十二下一下的時候是午夜。許多不用添油、不用點火的燈垂垂地掛著；他聽人說這些叫做「電燈」，到晚自然會得燃，到曉自然會得熄的。街上一個人坐在一件東西上，這東西有兩根長柄，由一個人拖著飛跑：他知道這叫做「人力車」了。一個矮而闊的怪物，到晚他的巨大的眼睛裡放出耀眼的光，載著幾個人飛馳而過；他知道這叫做「摩托車」了。一所玻璃的小屋了，裡面擠滿了人，不用人拖，不用牛挽，卻也能跑得同矮而闊的怪物一樣的快；他知道這叫做「電車」了。

但是他不看見他的老朋友。田裡種著的東西，有香氣的泥土，飛鳴的鳥兒，帶著花香的風，在那裡統都找不到。他雖然覺得新鮮的東西很有趣，也切摯地牽記著那些老朋友。

明天他從床上醒轉來了。平日的習慣，張開眼睛時總是很明亮的。現在為什麼只是漆黑？天沒有亮麼？醒得太早了麼？疑惑之極，走到窗邊向外望去，街上也非常黯澹；電燈還沒有熄，放出慘然的光。他以為天真個沒有亮呢。可是，鐘聲敲動了，一下，兩下，……六下，這不明明是朝晨了麼？

朝晨的太陽哪裡去了，為什麼不出來和自己照呼呢？起來了須得做事，現在作什麼事呢？這時候他感覺給一種不可堪的沉悶壓迫著，很不爽快。但是黑暗包圍著他，他哪裡能夠打破包圍，取得爽快呢？

他要漱口，不知水在哪裡。他要洗臉，又不知面盆和毛巾在哪裡。只得默默地坐在大海似的黑暗之中，細細地辨那剛嘗到的不快樂的滋味。鐘聲敲七下了，又敲八下了，才有些淡淡的光從窗裡透進來。一切全都沉寂，只聽見那個鐘「的答的答」的聲音。他想在家的時候，此刻已滿耳的高興的聲音了。晨間的微風在林中和田裡和水邊低唱著，鳥兒個個作迎接太陽的頌歌，農作的同伴互相問答，間著水車的聲音、鋤頭著地的聲音。村裡的雞接連著啼個不休，工作的牛也偶然向天長鳴一聲。他想起了這些，實在耐不住這裡的寂寞，裡邊外邊，一齊淒靜，有點像墳墓的樣子。無可奈何，才取出蜻蜓贈給他的鏡子來玩弄，看看究竟有怎樣的神異。

他拿那鏡子在手，一面看見了先生和同學們的床榻。他們的帳子都掩著，大概還沒有做完他們的夢呢。他想用那鏡子照著他們，看現出什麼形象來，倒也有趣，便揭開一位先生的帳子，將鏡子放到眼邊照看。怕極了！怕極了！只見那位先生瘦得只剩皮包著的骨頭；臉上全沒血色，灰白到足以驚怕。這不是和死人一樣麼？他不敢再看，便放下了帳子。但是他好奇心很盛，心想照看別一個人，或者有些好看的形象。他就揀一個肥胖的同學，揭開他的帳子，舉起鏡子來照看。怕極了！怕極了！只見那個同學瘦得只剩皮包著的骨頭；臉上全沒血色，灰白到足以驚怕。這不是和死人一樣麼？他不敢再看，也就放下了帳子。

好奇心驅遣著他，將睡著的人一一照看過；都因不敢再看，就將帳子放下來。

他想，「這裡不是妥當的地方，我明明看見他們的將來的形象了。還是早早離開的好。」於是離開了那家店鋪，投入一個醫院裡，當一名練習生。

他在那裡才看見了害病的人，嗅到了藥水的氣味。那一夜他當值，被派在一間病室裡任看護。室內有八個臥榻，都躺著病人。夜已經很深了，鐘已經敲過了一下，窗外只有些樹葉吹動的聲音，輕悄到可怕。室內充滿著病人的痛苦的呻吟：有驟然喊叫的，有延長而顫抖的，有無力而低喚的，有連呼母親的；可是，絕對沒有安慰他們答應他們的一些聲音。他聽著心裡起一種異樣的感覺，從沒有經歷過的淒慘將他兜住了。

他聽醫院裡的人說，這間病室裡八個病人，四個是從電車上掉下而受傷的，兩個是坐摩托車不當心，和別的車輛相撞而受傷的。其中一個受傷最重的，腿骨已經斷了，由醫生給他接好，用木板綁著，固定在一個很重的架子上，防他因痛苦而牽動，致脫了接筍。連連呼「媽，來罷！媽，來罷！」的，正就是這個人。

他耐不住這種淒慘的聲音和景象，便又取出蜻蜓贈他的神異的鏡子來玩弄，希望移開心思，不去注意那些。電燈光照得室內慘白，固然很可以照看，但是照看什麼東西呢？所有的只是這八個病人。他只得舉起鏡子，照看這些病人。奇怪極了！奇怪極了！他們的腿和腳都有點異樣，又細，又小，正像雞的腿腳。放下鏡子看時，又和平常人差不多。

疑怪的心使他添了些悶損。後來醫生來檢查病人了。幾個助手也跟了進來。他想他們都是健全的人，照看起來，諒來不至於有什麼變化。便私下裡取出鏡子來照看。太奇怪了！太奇怪了！他們的腿腳又細，又小，正像雞的腿腳；和八個病人毫沒有兩樣。他想，「這裡不是妥當的地方，我明明看見他們的將來的腿腳了。還是早早離開的好。」於是離開了這個醫院，投入一個戲院裡，當一個職員。

夜戲開幕了，繁響的音樂，刺耳的歌唱，他聽了覺得腦子裡有些岑岑的感覺。可是滿院坐著的客人正看得起勁，個個現出高貴的笑容。男的吸著煙捲，女的揚著香水蘸透的手巾，也有吃東西的，閒談的，一一表示出他們的舒適和閒雅。伶人唱了一段，他們隨著喝一陣采，告訴人家他們是能夠欣賞的。

他聽著一陣陣的喝采，耳朵裡不大舒服；嗅著人氣和煙和粉香混合的氣味，鼻管裡又有點難受。他的身體似乎飄浮了，手心額角有點焦熱。心想，「在此地太累了，不如取出神異的玩意兒來開開心罷。」便取出蜻蜓贈他的鏡子，舉起來向大眾照看。

奇怪的景象在鏡裡顯現了：那些客人個個只剩皮包著的骨頭；臉上全沒血色，灰白到足以驚怕；和店鋪裡所見幾個人一樣。也個個是又細又小的腿腳，正像雞的腿腳；和醫院裡所見幾個人一樣。他們不能行走，不能勞動，得不到一切吃用的東西，只得在那裡等死。

放下鏡子看時，依然是滿院高貴的舒適的閒雅的客人。

他不敢再看，立刻轉身，奔出了這個戲院。心裡想，「我還不回去做什麼？明明看見了這裡的人眾將來的運命了！」便連夜向自己的家鄉奔去，也不管路途上的黑暗。

天剛亮時，他已經到了自己的田旁。晨風輕輕地吹動，帶著新鮮的草氣。他歡呼道，「風，我的好朋友，你送我動身，又迎我回家了！」太陽從很遠的地平上露出第一縷的光芒，使一切都含生意。他又歡呼道，「太陽，我的好朋友，此刻又給你請晨安了！月亮好麼？她昨夜曾向你說起我麼？」鳥兒們早已唱得很熱鬧了。他又歡呼道，「鳥兒們，我的好朋友們，你們唱，我又要加入你們的隊裡了！」田裡種著的東西齊向他點頭。他感激到流淚，歡喜到說不成話，只喃喃道，「我的寶貝……我的寶貝……」

正要向家中走去時，忽然想起了神異的玩意兒，何不在此地取出來照看一回。便取出鏡子，舉起來照看。他快樂得只是大叫，「將來的田野，美麗而有趣，竟到這個地步麼！」

一九二二，四，一二。

跛乞丐

街上那個跛乞丐，我們天天看見的，年紀已經很老了。蓬亂而蒼白的頭髮蓋沒了他的額角和眉毛；兩顆眼球深深地藏在低陷的眼眶裡，放出衰微的光。兩頰的皮膚皺得很厲害，作暗赤的顏色。從破碎的衣領裡望去，可以看見他的項頸，脈絡突出，很像古老的柏樹幹。他的左腳不能著地，常是蜷曲著。靠著一根樹枝，挾在他的左腋下，才撐住了他的身軀，不致橫倒轉來。

當他經過街上時，立定在每家人家每個鋪子的門前，發出可憐的沙聲道，「叨光一個罷，慈善的先生太太們！」人家和鋪子裡的人總是很厭煩的聲氣，說，「又來了，可厭的老乞丐！」隨將一個小錢很不願意地擲給他。小錢有時落在地上磚頭的縫裡，有時掉在陰溝的近旁，浸在汙泥裡邊。他曲了腰背，張大了發光衰微的雙眼，撿尋那跳躍出來的小錢。好久好久，撿得了，便換過一家，重又發出可憐的沙聲道，「叨光一個罷，慈善的先生太太們！」

獨有街上的小孩子們很喜歡他。因為他能夠講很多的有趣的故事，使他們不想吃果子，不想捉迷藏，不想做一切別的玩意兒，只滿心歡喜地相著他鬍子滿封著的嘴，等候裡邊顯現出奇異的境界和神仙的人物來。當太陽快要回去月亮將走出門的時候，他總坐在廟門前一棵大榆樹底下休息。不必搖鈴，不必打鐘，街上的小孩子們自然會聚集攏來，圍在他的周圍。於是他開講故事了。

小孩子們個個聽見跛乞丐所講的故事，都記得很熟。關於他自己的故事，就是為什麼跛了左腳，他也曾講給小孩子們聽。以下就是小孩子們轉講出來的。

他的父親是個棺材匠。當他十三四歲的時候，父親對他說道，「你的年紀漸漸地長大了，不可不學一點職業。我看就學了我的本業，將來也當一個棺材匠罷。」

「不，不行，」他回答道，「我看見街上抬過一口棺材時，人家總要吐一口唾沫。可知人家都不歡喜棺材這東西。我若當了一個棺材匠，豈不要一生陪著棺材挨罵受厭了麼？所以不情願。」

父親大怒道，「你敢違抗我的說話！我就是棺材匠，幾時見人家罵我厭我？」

「我，我就要罵你厭你。好好一個人，不做些別的東西，卻做成一個個的木匣子，將一個個的人藏蓋起來！」

父親怒到極點，舉起手裡的斧頭向他頭上就要劈下去。幸虧他雙手靈活，舉起來搶住了斧頭的柄。嘴裡喊道，「不要劈你的兒子像劈木頭一樣！我不是木頭呀！」

父親的手被他擋住，一陣狠勢已過，再不能掙脫了劈下去。便說，「饒恕了你的小性命罷！可是，你不肯繼續我的本業，也就不是我的兒子。今天便離開這裡，以後不許你跨進這裡的門！」

他從此被驅逐了。因為肚裡有點饑餓，想現在必須要做一點職業了。但是做什麼呢？一時想不定主意，便沿著街道走去，看有什麼事情中意做的，就預備去做。

樓窗上的孩子望著街的兩頭，嬌聲說道，「這是時候了，父親的心，父親的書信，應在那個綠衣人的包裹。安慰人們的可愛的綠衣人呀，你快快地走到我的門前罷！」

他聽見了這孩子的話，深深地點點頭，仍舊走過去。短短的竹籬內，是一間書室，窗正開著。一個男子坐在裡邊，一手支著頭。忽抬起頭看看牆上的時針，滿心希望地說道，「這是時候了，好友的心，好友的書信，應在那個綠衣人的包裹。

安慰人們的可愛的綠衣人呀，你快快地走到我的籬外罷！」

他聽見了這男子的話，更深深地點點頭，仍舊走過去。路旁是一個公園，他就沿著沙路走進園裡。涼椅上坐著一個女郎，美麗的頭髮披到肩上，凝思的眼光注著花墩裡的花。樹上鳥兒一陣的叫，卻驚醒了她。她四圍望望，溫柔的細聲說道，「這是時候了，他的心，他的書信，應在那個綠衣人的包裹。安慰人們的可愛的綠衣人呀，你快快地走到我的家裡罷！」她站起來，匆匆地去了。看她的輕快的步子，知她的希望正火一般地燃燒呢。

他聽了這女郎的話，很歡喜地拍著手道，「我已經選定了我的職業了！」

他奔到郵政局裡，自稱情願當一個綠衣人。郵政局裡允許他，給他一件綠衣服和一個布包。他將綠衣服穿了起來，更背上布包，便和每個在街上看見的綠衣人一模一樣了。

他當郵差比別人走得快。他取得了郵件，連忙向布包裡塞。那個布袋飽脹了，像胖子的肚皮。他拔腳便跑，將每封信送到等候這信的人的手裡；更懇切地說道，「你的安慰來了，你的希望來了，快拆開來看罷！」這樣說罷，又急急地跑到第二個等候書信的人的前面。

因此，人家都非常歡喜他。從他手裡接到書信，除了書信裡的安慰，還有分外的他的安慰的話語在先引導。所以只希望接他送來的書信。大家又想，發出去的書信如其由他投送，受信人一樣的可以得到分外的安慰。所以所有書信總願意交給他的手裡。

他的布包同慢慢地裝氣進去的氣球一樣，越來越飽滿了。別的郵差的布包同乞丐的肚皮一樣，越來越皺癟了。他背著著沉重的布包，羊一般的飛跑，不怕疲倦，也不想休息。

街旁有一所屋子，藤蘿掩沒了門框，好像個仙人住的山洞，他每回經過這家門前時，總見一個女子站在那裡，愁慘的樣子問他道，「你的袋裡可有他的心麼？」他就很不安地答道，「很抱歉，沒有他的信。」於是那女子淒然地哭了，將兩手掩著臉孔。

那女子所盼望的是她情人的書信，也就是她情人的心。情人離開她去了，去到什麼地方，她沒有知道。也沒有來過一封書信，將她所要的心帶了來。因此她天天刻刻在門前等著，等候這最可愛的綠衣人經過。可是，她終於淒然地哭了，將兩手掩著臉孔。

這一天他經過這家門前，那女子照舊發出她的淒哀的問。他又回答道，「很抱歉，沒有他的信。」那女子好似昏暈的樣子，哭得只是嗚咽。停了一會，才斷斷續續地說道，「三年前的今天，他離開了我。整整的三年，沒有一點資訊，不知他的心在哪裡了！」說罷，更嗚咽不止。

他聽了覺得非常悲哀，便安慰她道，「你不要哭，滴了眼淚是不好的。我一定替你去找尋，將你所要的心帶來給你。三天，不出三天！」那女子聽了，方始止住了啼哭，向他點點頭，表示感激的意思；含淚的眼睛裡放出希望的光。

他就日夜不停地走，穿過了很深很深、晝不見太陽、夜不見月光的樹林，經過了枯黃一片、沒有水池、沒有草樹的沙漠，爬過了險峻峭直、有兇惡的野獸、猛毒的大蛇的山嶺，才尋到了那個女子的情人所在的地方。他告訴他，女子怎樣的思念，怎樣的哀傷，怎樣的啼哭。女子的情人被感動了，立刻寫一封很長的書信，極真摯的書信，差不多將整個的心藏在裡邊了。寫好之後，就交給他，託他寄給那個女子。

他拿了書信，爬過了險峻峭直、有兇惡的野獸、猛毒的大蛇的山嶺，經過了枯黃一片、沒有水池、沒有草樹的沙漠，穿過了很深很深、晝不見太陽、夜不見月光的樹林，到那個女子的門前，來回剛是三天的工夫。那女子已等候在那裡，看見了他，連忙問道，「我所要的心，我所要的心呢？」

他不響，就將書信給她。她拆開來讀時，越讀越露出笑容來。看到末了，就欣喜地說道，「他愛我，他依然愛我呢。可愛的綠衣人，感謝你的幫助！」

「這算得什麼呢？只要你得到安慰，我什麼都願意的。」他這樣說了，回到郵政局裡。郵政局裡因為他三天沒有到差，罰去他一個月的工錢。

他依然羊一般的飛跑，送安慰給人們。在街上常常遇見個孩子問他道，「我有一封書信，寄給去年的朋友小燕子，請你帶了去罷！」他就很不安地答道，「很抱歉，不曉得他的地方，沒有法子替你帶去。」於是那孩子悵悵地站著，現出失了伴侶的苦悶的樣子。

那孩子的朋友小燕子是去年住在孩子家裡的。他倆一同歌唱，一同到芳草的平原上遊戲，一刻也不分離。秋天到了，小燕子含著愁思說道，「與你分別了，我的家族要遷居了。」那孩子十分不願意，但沒有法子，只得含著眼淚送他的朋友的行。小燕子去後，他十分想念他，便寫就一封書信，希望這最可愛的綠衣人給他帶去。可是，他終於悵悵地站著，現出失了伴侶的苦悶的樣子。

這一天他送信經過街上，一個婦人攔住了他，向他哀哭；話語也說不成了，只將一封書信向他的袋裡亂塞。他看時，正就是那孩子天天拿著的一封書信，上面很有些手指的汙痕了。便問婦人道，「孩子怎麼了？」那婦人勉強抑住了哀哭，說，「我的孩子病了，昏倒在床上。他迷迷糊糊地說，一定要寄去他這封書信。你給他帶去了罷，可憐可憐我的孩子罷！」說罷，更滴她的憂愁的淚。

他聽了覺得十分難過，便安慰她道，「你不要哭，回去陪著你的孩子罷。我一定替他去找尋小燕子，將這封書信給他。你回去告訴他，叫他不要病臥在床上了。」那婦人方才收了眼淚，向他說了聲「感謝」，面上滿顯著慈愛的神態。

他就日夜不停地走，經過了熱氣薰蒸、樹木都是很高很大的熱地，渡過了波浪險惡、風勢狂暴的海洋，才尋到了小燕子所在的海島。他將書信給他，並且告訴他，小孩子怎樣的想念，怎樣的害病。小燕子發出歡樂的嬌聲道，「我也寫好了書信，沒有法子寄，想念得快要生病呢。你既來了，我的書信也託你帶了去罷。」

他拿了小燕子的書信，渡過了波浪險惡、風勢狂暴的海洋，經過了熱氣薰蒸、樹木都是很高很大的熱地，到那孩子的家裡，來回共是五天的工夫。那孩子看見了他，連忙問道，「我的書信，我的書信寄去了麼？」

他將小燕子的書信給他道，「這是你意所不料的東西。」小孩子拆開來讀時，快活得只是亂跳。更歡呼道，「他快來看我了，他快來看我了！可愛的綠衣人，感謝你的幫助！」

「這算得什麼呢？只要你得到安慰我什麼都願意的。」他這樣說了，回到郵政局裡。郵政局裡因為他五天沒有到差，罰去他兩個月的工錢。

有一天，他送信經過街上，看見一個獵人坐在涼椅上打盹，他的身旁堆著好幾頭中了槍彈而死的野獸。忽聽見有很弱很弱的慘痛的聲音道，「一封緊急的快信，煩你送一送罷！」他仔細看時，原來一頭野兔還沒有死，血沾滿了灰色的毛，凝結攏來，周身呈難看的樣子；眼睛已經張不大開，只露出白白的一線。他的前爪拿著一封書信。

他便問野兔道，「你怎麼了？」野兔回答說，「我中了槍彈，快要死了。我死算不得什麼，可是，不放心我的許多同伴。我們這幾天開春季的同樂會，聚集一起，在山林中取樂。我剛才聽見這位打盹的先生說，『那邊東西多，明天還要多多地打他一回。』便覺得我的死絕不是值得怕的事情了。我這封快信，就是要告訴我的同伴，不要只顧樂天；災難快要到臨，趕緊避開罷！」兔子說到後段，幾乎沒有聲音。說完，四足輕輕地挺了幾挺，就跟著他旁邊的幾個同伴，一同不知不覺地安眠著。

他聽著看著，心中很覺不忍，眼眶裡滴下淚來。連忙拾起兔子的書信，照著信面所寫的地方奔去。越過了很闊很深的山澗，爬上了很大很險的崖石，鑽進了很密很暗的密林，才到了野兔的同伴們聚集的地方。他們正快活呢，羊、鹿、狐、狼、獐、兔一切的野獸，都在那裡歌唱，都在那裡跳舞；好鮮美的果子堆得滿地，小獸們吃得都笑著。他們看見了他，覺得有點奇異，便走近來詢問。

他將野兔的書信授給他們。他們看了，都現出非常驚恐的顏色，向密林中紛紛逃竄。這時候起了一種擾雜的聲音。他回轉身來，還沒有動腳，不知什麼地方發來「砰」的一槍，一粒彈子中在他的左腿，於是他昏倒了。

他醒來後，用草葉裹了受傷的腿，一步一顛地回到郵政局。又是兩天沒有到差了。並且是第三次犯過失。跛子又本來不適宜當郵差。因此，他就被辭退了。

他不能做什麼事，就做了乞丐。

一九二二，四，一四。

快樂的人

世上有快樂的人麼？誰是快樂的人？

世上有快樂的人的，他就是快樂的人。現在告訴你們他的故事。

他很奇怪，講出來或者不能使你們相信，但他確實是這樣的奇怪。他的周身圍著一層極薄的幕；是天生這樣的，沒有誰給他圍上，他自己也不曾圍上。這層幕很不容易說明白。假若說像那玻璃，透明如無物是像了，但沒有玻璃那麼厚。假若說像那蛋殼，周圍都包裹到是像了，但蛋殼是不透明的。總之，這層幕輕到沒有重量，薄到沒有質地，密到沒有空隙，明到沒有障蔽。他被這麼一件東西包圍著，但他自己不知道被這麼一件東西包圍著。

他在幕內過他的生活，覺得事事快樂，時時快樂。他更隔了幕看環繞他的一切，又覺得處處快樂，色色快樂。

有一天，他坐在家裡，忽然來了兩個客人。這兩個客人原來是兩個騙子。他們打算去喝酒取樂，須要弄到些錢才行。計議定當，兩個扮作募捐的樣子，一直跑到他的家裡。因為他們知道他周身圍著一層幕，看不出他們的破綻來。

兩個客人開口募捐了。他們的聲音十分慈悲，他們的話語十分哀切。他們講出被災的同胞是這麼慘苦：被旱災的餓到只剩薄皮包著的骨頭；被水災的病到全身黃腫，隨處都滲出水來；被兵災的提了垂垂欲斷的手哀哭，抱了將死未死的孩子狂呼。他們說賑濟苦難的同胞是大家應當做的，他們就為此故，所以盡一點四處捐募的微力。

他聽了十分感動，一則聽說同胞的慘苦覺得可憐，二則敬重這兩個熱心救人的客人。一大塊的黃金於是從他的袋裡取出來，授入客人的手裡。客人誠懇地謝了。辭別退出，兩人卻互相看視，現出狡獪的笑容。隨即走進酒店，自去喝酒取樂。

他捐去了一大塊黃金，覺得非常快樂。他閉著眼睛在那裡摹擬：「這兩個客人取了我的黃金去，飛一般的奔到被災的同胞那邊，分散給他們。餓瘦了的立刻得吃，個個變成豐肥而強健；浸腫了的立刻得醫，個個變成活潑而精壯；將斷的手接起來了；將死的孩子活起來了，這多麼快活！」他又想：「我得到這個快活，全在客人的到來。我得遇到這樣的客人，又多麼快活！」他樂極了，對著壁鏡裡的自己只是笑。

他的妻在裡邊，已知道到他給騙子騙去金子的事了。她常常不滿意他的所為，很想阻止他。但是對著他滿堆笑意的面孔，不知為什麼，又沒有勇氣直爽地說了。當心裡真個氣不過的時候，也只冷諷反嘲地說幾句。這個使他全然辨不出真意味，因為他周身圍著一層幕。

一大塊的黃金無由無端地到了騙子的手裡了，這在他的妻的心裡是何等的難過。她想這一回一定要重重實實地罵他一頓，並且教訓他以後不要上騙子的當。她滿臉怒容，趕了出來。但是一看見他滿堆笑意的面孔，怒就發不出來，罵的話語也在喉嚨口梗住了。她只得作鄙薄的冷笑，用奚落的聲氣說，「你做得天大的善事！人家一開口，就是大塊的黃金從袋裡摸出來，你真是世間唯一的好人！以後這等事盡可以多做呢！做得更多，也見得你這人更好！」

他看著妻的笑臉，這麼美麗，這麼真誠，已覺得快樂到說不出；更兼聽著她的話語這麼懇切，這麼富有同情，直樂得如醉如癡，不知怎麼才好。他的口笑得合不攏了；豐肥的臉肉都起了皺紋；連續的笑聲像老鸛鶴的夜鳴。好容易耐住了笑，說道，「我所遇見的人沒有一個不是好的，尤其是你，好到使我不會想出適當的話來稱讚。你同我一樣的心思，同情於我一切的作為。我們倆竟是一個靈魂，不過分成了兩個身體。我剛才這快活的行為經你的好意的讚美，更覺得裡邊含有深濃無極的快活。我當然依你的話，以後要儘量多做呢。」他說著，帶了更大的金子多塊，向外走去。

前面是一片原野，蔥蔥的，矮矮的，盡栽的桑樹。他遠望過去，見有好些人在桑林中行動。原來這時候是初夏的天氣，蠶兒正急待哺飼，預備做他們的犧牲的工作。養蠶的人於是十分忙困，接連地採了桑葉去飼養他們。那些人自己沒有儲蓄的錢，卻必得付錢與桑林主人才能動手採，只能將破的棉衣賣了，缺足的桌子當了。因而他們付與桑林主人的錢都染有富翁的臭氣，就是廉價買了他們的破棉衣、再去販賣、從中賺錢的、微錢押了他們的壞桌子、順便取重利的富翁的臭氣。這種臭氣彌漫於原野，掩沒了野花的芬香、泥土的甘芳。那些人好幾夜沒有睡眠了，疲倦的神態從什麼地方都看得出。他們的臉上罩著灰色；眼睛網滿了紅的脈絡，眼角積著許多的垢汙。他們大家幾乎病倒的樣子；但是，勉強支撐著，兩手不歇地摘採，不敢懈怠。這種昏倦的人物行動於林中，減損了春陽的明鮮、草樹的蔥綠。

他走近桑林了，他絕不覺察他們的昏倦，也嗅不出他們付與桑林主人的錢的臭氣，因為他周身圍著一層幕，雖然這幕是透明且無質的。他只覺滿心的快樂。心想：「這景物多麼悅目，多麼醉心呵！那些人真幸福！採桑飼蠶，正是太古時候的樸美的生活。他們就過的這種樸美的生活呢。」他一邊想，一邊停了腳步，看他們將一條一條的桑枝剪下來，盛滿一筐，又換過一個空筐子。不可遏的詩情像泉水一般湧出來了。他的詩道：

滿野的綠雲，滿野的綠雲，
人在綠雲中行。
採了綠雲飼蠶兒，飼蠶兒，
蠶兒吐絲鮮又新。
髻兒蓬鬆的女娘們，女娘們，
可不是腳踏綠雲的仙人？
健臂壯軀的，健臂壯軀的，
可不是太古時代的快活人？

他得意極了，反復地吟唱自己的新詩。似乎鳥聲也和著吟唱，泉聲更跟著讚美。若有人問，「快樂的天地在哪裡？」他必將跳躍而回答道，「我們的天地就是快樂的天地，因為在中間沒有一個人、一塊石、一根草、一片葉不快樂。」

他走過了一片原野，來到都市裡邊。最使他注目的，是一所五層屋的製造廠。那廠屋造得十分精美，牆壁統是白石堆砌的，那白石光滑到使人不肯相信由石匠鑿成的。方正的窗孔裡，百葉窗一齊開著，裡面的玻璃窗也往裡開，窗沿上陳著鮮美的盆花。機器的聲響從裡面送出來，雄大而有韻律。原來這是一所紡紗的工廠。在裡面作工的全是婦女。她們的丈夫力量用盡，養不活一家老小，或者父親命運不好，找不到一個職業，他們做妻子做女兒的就想法投入這個紡紗廠裡。早上六點半鐘，她們便趕忙跑進廠去。傍晚太陽回去了，她們才歸家。她們中午吃的是帶進去的冷粥硬燒餅等東西。她們沒有工夫梳頭髮，沒有工夫洗衣服，沒有工夫伸個腰，打個呵欠，便是生下嬰兒，也沒有功夫給乳。所以她們聚集在一處工作，就發出一種濃厚的混汙的氣息，更凝成一種慘澹的頹喪的景象。這氣息這景象充塞廠屋之內，包籠廠屋之外，這美麗的白石的建築物就仿佛埋在泥沙裡、陰溝裡。

他走進廠屋了。他絕不覺察四周的混汙和頹喪，因為他周身圍著一層幕，雖然這幕是透明且無質的。他只覺到眼前的一切都有趣味。心想：「這機器的發明真是人類的第一樂事呵！試看機器的工作，多麼迅速，多麼精巧！那些婦女也十分幸福，她們只做那最輕鬆的管理機器的工作。」他看著機輪的環轉，工女的動作，白紗的紡出，詩情又潮水一般升起來了。他的詩道：

人的聰明只要聽機器的聲音，
人的聰明只要看機器的轉輪。
機器給我們東西，好的東西。
我們領受他的厚禮。

我讚美工作的女人，
潔白的棉紗圍著她們的周身，
雖然用力這麼輕微，
人間已感激她們的力的厚意。

他興奮極了，反復地吟唱自己的新詩，似乎機輪也和著吟唱，女工們正點頭讚嘆。若有人問，「快樂的天地在哪裡？」他必將跳躍而回答道，「這裡也就是一個快樂的天地，因為在這裡沒有一個人、一縷紗、一塊鐵、一條帶不快樂。」

當他走出紡紗廠時，一大群的人迎了上來，歡呼的聲音像潮水一般，而且齊向他行禮。這輩人探知他帶著很多的大塊金子，希望拿到手裡大家分了買鴉片吸，所以想了這個方法。但是他哪裡知道！他周身圍著一層幕呢！

眾人中一個代表溫和地笑著，向他說，「天地是快樂的，人是快樂的，先生是這麼相信，我們也是這麼相信。我們想，我們在快樂的天地中，做快樂的人，真是快樂不過的事。這不可沒有個紀念。我們打算造個快樂的紀念塔，想來先生是贊成的。」

「贊成的！贊成的！」他連連高興地喊著，隨將帶來的大塊金子全數授與他們。他們歡呼了一陣，便走散了。

後來將金子分了，大家買了鴉片拼命地吸。他呢，歡歡喜喜地回到家裡，只是摹想那快樂的紀念塔怎麼美麗，怎麼高偉；落成那一天怎麼熱鬧，怎麼快樂。這夜裡，他的妻聽見他在夢中發狂般歡呼。

以上講的，是他一天的經歷。他的快樂的生活都是這麼過的。

有一天，大家傳說他死了，患的什麼病，卻不大清楚。後來有人說，「他並不是患病死的。有一個惡神在地面遊行，他的意思要使地面沒有一個快樂的人，忽然查出了他，便將他的透明且無質的幕輕輕地刺破了。」

一九二二，五，二四。

小黃貓的戀愛故事

孩子很奇怪，怎麼這幾天裡那隻小黃貓常常找不到。平常的時候，他和小黃貓一天到晚在一起，追趕那停停又滾的皮球，戲弄那飛飛旋歇的蝴蝶，十分快活。吃飯時總是並排坐著，他夾了魚骨頭一類東西送到小黃貓的嘴裡。睡覺時一同鑽

入一個被窩裡，小黃貓總蜷臥在他細髮紛披的肩頭。他們兩個從不分離；雖在夢裡，也沒有孤單的時候。但是在最近幾天裡，小黃貓常常離棄了孩子，獨自走開。孩子感受到永未嘗過的孤寂的滋味，急急要把小黃貓找回來。什麼地方都找到了，在他所常到的不生火的爐邊，舊器物的室內，壁腳板的洞旁，近水落的簷前，都像失了繡花針一般搜尋。可是一點效果也沒有。後來小黃貓慢慢地走來了。孩子快活非常，迎上去把他抱在懷裡，

吻他，吻他，比平時更親昵。但立刻覺察他有點異樣；對於這樣熱愛的歡迎，毫沒有一些快樂的意思；也不作平時的低微的吟唱、活潑的跳動；他好像別有心事的樣子。待孩子一不當心，他又獨自走開了。幾天裡頭，這樣的經過有好幾回了。

孩子哪裡料得到呢？他的好朋友小黃貓，眼睛明亮有光、毛色極美麗的小黃貓，近來新發生了戀愛的事情，所以和他疏遠，不常同他一起遊玩。這個他哪裡料得到呢？

事情是這麼發生的：在一叢灌木的前面，有一個清淺的池塘。斜出的樹枝在池上輕輕搖動，裝點得沿池邊的一部分非常美麗。樹枝上纏著的藤正開著藍的紫的小花，都清清楚楚地映在池底。一頭鵝兒在這一幅圖畫似的池面上游泳著。她的頂上有蔥綠的樹枝將陽光遮了。雪白的羽毛由碧水襯著，顯出一種說不出的幽靜的美。小黃貓正在這當兒來到池邊散步，一見她，愛的心就火一般燃燒起來。

她確是一頭美麗的鵝兒，有柔軟的白的羽毛、流動的金光的眼睛、飾品似的黃的鵝冠；她有轉側動人的姿態。誰看見了都要愛她；何況是第一次看見她的小黃貓，他還是一隻小的黃貓呢。

小黃貓便走近一點，用他的固有的溫和的聲音說，「白衣的小姑娘，你在池上游泳，好快樂呀！」

「我很快樂。」她的頭略微側轉，眼睛半開半闔的樣子，越見得她姿態的優美。小黃貓看了，樂得只是閉著眼睛，辨她那姿態的味道，好似正含著摩爾登糖。

「你獨自一個在這裡，不嫌寂寞麼？」停了一會，小黃貓又問了。

「寂寞倒不覺得。不過若有誰願意和我做朋友，彼此伴著，一起玩耍，我也非常歡迎。」宛轉的答語可以表明她是個聰明可親的小姑娘。

「我和你做朋友，彼此伴著，一起玩耍罷。」小黃貓熱誠地說。

「如果你願意，那是再好不過了。」

這樣，他們的友誼開始連結起來了。小黃貓時時到池邊去訪她，談談池上的風景，什麼時候有彩翅的蝴蝶飛來，什麼時候有新鮮的花開了。他們各唱出自己心愛的歌兒給對方聽，也講出所聽見的多種故事。有時她走上了岸，一同到灌木叢中，在濃綠的葉蔭中歇著。他們尋覓那藏著的天牛，誰得到美麗的誰贏。他們猜測那從綠葉稀處看見的浮雲，什麼時候過盡，什麼時候再過。因此小黃貓忘記了平時一天到晚在一起的孩子了。

小黃貓雖然時時和鵝兒玩耍，一起談話，但總覺心裡很不寧貼，因為他所要說的最要緊的一句話還沒有吐出，所希望的比玩耍還要進一步的事情還沒有做到。「這怎麼說呢？說了她將怎樣呢？」他不息地這樣想。忍耐呢，覺得有點耐不住，逕直開口，又有點膽小。因此，當他離開了她回家的時候，只剩默默地沉思。這更使孩子弄不明白，只覺奇怪了。

一天，他不能再耐了，不管膽小不膽小，也不管她將怎樣，決計將要說的那句最要緊的話向她說出來。他預備了一籃青螺，作為送她的禮物，籃柄上插了一束粉紅的直蠟紅。他在路上走時，自己鼓勵著勇氣，不要臨時說不出口。又在河旁照了照自己的形貌，舉起前爪將臉上的黃絨毛撫摩得十分光潤，更將鬍鬚撚得向兩旁矗起。他想自己真是一隻漂亮的小黃貓了。

他走到池邊，看見鵝兒正在岸上小步，可愛的影子倒印在池塘裡。他走近去，臉上現出非常歡悅的笑容，說，「白衣的小姑娘，你已經來了，等得我心焦麼？」他不等她回答，又說道，「今天帶了一些毫不足貴的東西送與小姑娘，願你看我的意思是真誠，隨便收了罷。」說著，將籃子授與她。她看是愛吃的青螺和嬌紅的鮮花，十分歡喜，熱心地謝了，順便將一束花兒插在胸前。這更使小黃貓覺得她可愛了。他們於是同平日一樣玩耍起來。

小黃貓心裡想，「勇氣，勇氣，不要膽小！」經過幾回的鼓勵，那句要說的最要緊的話終於說出來了。「白衣的小姑娘，可不可以向你說一句話……我就此說了罷，就是我愛你，我愛你，我愛你！」這樣的說法，可以見得他心裡究竟很慌張呢。

「你愛我麼？」鵝兒驚奇的樣子問。但是略一沉思之後，她便恢復了平時的溫和靜美的態度，說，「你愛我，使我非常感激。但是，請你告訴我，愛我的什麼東西？這必須你告訴了我，我方可照你所說的給你，使你滿足。」

小黃貓聽了她第一句答話，一個心快活得飛起來了。正想貼近去，和她親個表示相愛的吻，她的問題來了。「我愛她的什麼東西呢？」他自問著。後來答道，「我愛你潔白的羽毛，雪一樣的羽毛。」

「我給你潔白的羽毛，雪一樣的羽毛。」她全身的羽毛褪下來了，輕風吹過，飄飄地散亂滿地，她聚攏來都給了他。

「我愛你流動而美麗的眼睛，金光的眼睛。」他又說。

「我給你流動而美麗的眼睛，金光的眼睛。」她將一雙眼珠取了出來，隨手拋擲與他，他很敏捷地用前爪接住了。

「我愛你飾品似的鵝冠，瑪瑙的鵝冠。」她的鵝冠掉下，正掉在他的足邊。

「我愛你可愛的嘴，能夠唱好聽的歌的嘴。」他又說。

「我給你可愛的嘴，能夠唱好聽的歌的嘴。」她的嘴又掉在他的足旁。

「我愛你玲瓏的腳掌。」他又說。

「我給你玲瓏的腳掌。」她的腳掌離開她的身體了。於是她只剩光光的一個身體。

「我愛你皮膚白而嫩的裸露的身體。」他又說。

「我給你皮膚白而嫩的裸露的身體。」她的身體就滾倒在他的跟前了。

他於是劇烈地悲傷，好像一個心已經破裂了的樣子，因為她一一應許他的要求，他所愛的都得到了，結果卻不見了一個可愛的她。「白衣的小姑娘，你現在在哪裡了呢？」他只得垂頭喪氣走回去。當孩子同他摟抱取笑時，只見眼眶裡滿含著眼淚。

到了明天，他又不自覺地走到池邊，想看看那些羽毛，眼睛，鵝冠，等等東西。好不快活，她又在池中游泳了，清脆的鳴聲，幽雅的姿態，與以前一毫無二。「昨天你將一切東西給我，我是不可說地感激。但是你又藏到了哪裡去了呢，我心愛的小姑娘？」

「請你再不要說愛罷。昨天的把戲已經玩過了。以後我們還是做朋友的好。」她很自然地更正他的稱呼。

「僅僅是朋友麼？」他失望地問。

「昨天的把戲告訴我們僅僅能做朋友。若說到愛，沒有什麼好處，你不能將我得到呢。」

小黃貓終於失敗了。

一九二二，五，二七。

稻草人

田野裡邊的景物和情形，日間的自有詩人吟成妙美的詩篇，畫家描成清麗的畫幅，告訴給世間的人。至於夜間，詩人喝著甜美的酒漿微微醉了，畫家抱著精雅的樂器低低唱了，更沒有工夫來到田野裡邊。還有誰將夜間的田野裡邊的景物和情形告訴給世間的人呢？有，還有，這就是稻草人。

我們聽基督教裡的人說，人是上帝手造出來的。我們且不問這句話對不對，只是套一句調子說，稻草人是農人手造出來的。它的骨骼是竹園裡的細竹枝，他

的肌膚是去年的黃稻草。破碎的篾絲籃或是穿了孔的荷葉都可以做他帽子，下面遮蓋著眉眼鼻口不分的臉孔。沒有指頭的手拿著一柄破壞的扇子；其實不能算拿，線縛住了扇柄，垂垂地懸掛在手上罷了。骨骼的末端伸出於身體之外；農人將他插在田畦旁邊的泥土中，他就一天到晚站在那裡了。

他非常能盡職，若將耕牛同他比，耕牛有時要躺在地上，仰起了頭看天，覺得懶惰多了。若將守夜的狗同他比，守夜的狗有時要跑向前村後落，累主人四出找尋，覺得頑皮多了。他沒有一刻嫌得煩悶，像耕牛般躺著看天；也沒有一刻貪著玩耍，像守夜的狗般跑了開去。他只一動不動地看著田畝；手裡的扇子輕輕搖動，驅逐那些飛來的小雀，他們是想吃新結的穀實的。他不用吃飯，也不用睡覺，便是坐下歇一歇也不需要，只永久直挺挺地站在那裡。

這是當然的，夜間的田野裡邊的景物和情形，獨有他知道得最明白而豐富了。他知道露水怎樣從天上灑下來，露的味道是怎樣甘甜；他知道星兒怎樣揚他們的美眼，月兒怎樣獨笑；他知道夜的田野是怎樣靜默，草樹怎樣沉睡；他知道小蟲們怎樣互相訪問，蝶兒們怎樣戀愛；總之，他知道夜間的一切。以下就講他在夜間遇見的幾件事情。

一個星光燦爛的夜間，他看守著田畦，手裡的扇子輕輕搖動。新結的穀實肩擦著肩，輕風過時，發出瑟瑟的低響。他們承受著星光，綠色轉得更嫩，勝過當初的新秧。稻草人看著，心裡很快活。他想今年的收成，一定可使他的主人，一個可憐的老婦人，笑一笑了。她以前幾曾笑過呢？八九年前，她的丈夫死了。她哭得一雙眼睛到今還紅著，而且自然流淚。她同她的唯一的兒子耕種這一區田，足足三年，才將她丈夫的衣棺埋葬費還清。接著她的兒子染著喉症死了。她當時昏了過去，從此又添了時時心痛的毛病。只剩她一個人了，又沒有以前那樣的氣力，勉勉強強耕種這一區田，挨過三年，才將她兒子的衣棺埋葬費還清。又接著兩年水荒，將要收穫的穀全浸在水底，不是腐爛，便是發了芽。於是她的眼淚流得愈多，眼睛模糊，看不清五步以外的東西；她的臉上全是皺紋，決不像會露出笑容的，卻很像乾癟了的橘子。可是今年的田稻倒很肥足，雨水又不多，大有豐收的希望。所以稻草人預先替她快活。若是到了收割的那一天，她看見收得的盡是豐美的穀實，她想這些將全歸她所有，她又想今年的勞力的報酬才由她自己收受了，那時她的皺癟的臉上一定會現出個安慰的滿足的笑容來。倘若她真有這一笑，在稻草人便比見了星兒笑、月兒笑都快活，都珍貴，因為他愛他的主人。

他正在思想時，一個小蛾飛來了，是黃白色的小蛾。他立刻認識他是稻禾的仇敵，也就是主人的仇敵。從他的職務想，更從他對於主人的感情想，都必須將他驅逐了開來才是。於是他手裡的扇子屢屢搖動了。扇子的風很有限，不足使小蛾驚怕。那小蛾只飛遠一點，就在一棵稻草上歇了下來，對於稻草人的驅逐，竟同沒有這回事一般。稻草人見小蛾歇下了，心裡非常著急。可是他的身軀同樹木一樣，栽定在那裡，要走前半步也做不到；扇子只管扇動，但沒有效果，那小蛾依然穩穩地歇著。他想到將來的田裡的情形，想到主人的眼淚和皺癟的臉，又想到她的命運，心裡就同刀割一般。但是那小蛾是歇定了，驅逐又沒有效果。

星兒結隊歸去，一切夜景退隱的時候，那小蛾也飛去了。稻草人很愁悶地望那棵稻草。果然，在莖的中段折斷了，斷處上端的綠葉很可憐地垂了下來，而且乾枯了。更仔細地望去，葉背還留著好些蛾子。這個使稻草人增加了無量的驚恐，心想禍事真個來了，不只是料度而已。可憐的主人，她所有的是一雙模糊的眼睛，要警告她，使她及早看見這個，才有挽救呢。他這麼想著，搖動扇子更勤；扇子拍著他的身軀，作啪啪的聲響。他不能叫喊，這是他唯一的警告主人的法子了。

老婦人下田了。她佝僂著腰背，看看田裡的水恰夠好，不必再從河裡車水進來。又看她所手種的稻，全是非常旺健的樣子；摸摸穀實都是飽飽的。又看那個稻草人，帽子依舊戴得很正；手裡的扇子依舊拿著，聽得拍著身軀的聲響；而且站得很好，非但沒有移動位置，竟直挺挺的和昨天前天一模一樣。她看一切事情都很好，便跨上田岸，預備回家去搓草繩。

稻草人看她將要去了，急得不可言說，只將扇子連連地拍著，想靠著這急迫的聲響留住她的腳步。這聲響裡邊仿佛說，「我的主人，你不要去呀！你不要以為田裡的一切事情都很好，天大的禍事已留下種子在你田裡了。等到發作的時候，便將不可收拾，將要滴乾你的眼淚，將要碎裂你的心！此刻趁早撲滅，還來得及。這，就在這一棵，你看這一棵稻的葉背呵！」他反復地靠著扇子的聲響表示這些警告的意思；可是老婦人哪裡懂得他，她一步一步去得遠了。直到他望不見了她的背影，才知他的警告是無效了。

除了他之外，沒有一個人為田稻發愁的。他恨不能一步兩步跨了過去，將禍害的根苗撲滅了；又恨不能拖風兒傳話，叫主人快快來預防禍害。他本來是身軀瘦弱的，一經仇恨，更見憔悴，站直的勁兒也沒有了，只是斜著肩，曲著背，成一個病夫的樣子。

不到幾天，黃白色的小蛾布滿在稻莖上了。當夜深靜默的時候，稻草人聽得他們吸取稻汁的聲音，也看見他們歡欣的飛舞。稻穗漸漸無力地垂下了，綠葉也露出死的顏色。他不忍再看，心知主人今年的辛苦又只換得了眼淚和悲歡，他於是低頭哭了。

這時候天氣很涼了，更兼在夜的田野之中，冷風吹得他的身軀索瑟顫動，只因他正哭著，沒有覺得。忽然一個女子的聲音「我道誰，原來是你。」提醒了他，他方覺得身上非常寒冷。這也沒有法子，他為著他的職務，雖然寒冷，依舊站在那裡。他看著那個女子，原來是一個漁婦。田畝的前面是一條河流，她的漁船就泊在那裡，艙裡露出一粒火焰。她那時正架起一個漁網，沉入河底；預備好了，就坐在河岸，等待舉網。

艙裡時時發出小孩咳嗽的聲音，又時時有困乏而細微的叫喚「媽」的聲音。這使她異常焦心，舉起網來，沒有平時那麼順便，幾乎回回是空的。她就向她艙裡的病孩子說道，「你好好兒睡罷。待我網得些魚兒，明天煮粥給你吃。你只管叫，我的心給你叫亂了，魚兒便網不到了。」

孩子哪裡耐得住，又喊道，「媽呀，我的喉嚨要裂開來了，給我茶喝！」他說能，接著一陣咳嗽。

「這裡哪有茶！你安靜些罷，我的祖宗！」

「我要喝茶呀！」孩子竟放聲號哭了，在這空曠的夜的田野裡，這哭聲更絕悲淒。

漁婦無可奈何，放下了手中執著的拉網的繩，鑽進艙裡，取了一個碗，從河裡舀了一碗水，回身授給病孩喝了。孩子咽水，仿佛灌注的樣子，他實在渴極了。但放下碗時，咳嗽更為厲害；到後來只有喘氣，沒有咳聲了。

漁婦也不去管他，仍舊登岸拉她的網。好久好久，病孩沒有聲音，她也拉了空網不知幾回，才得一尾鯽魚，有七八寸長。這是今夜第一次的收穫，她很鄭重地從網裡取出，放在一個木桶裡，然後再下網。這個木桶，就在稻草人的腳邊。

這時候稻草人更為傷心了。他可憐那個病孩，在喉乾欲裂的時候沒有一口茶喝，在病得很苦的晚上不能同母親一起睡覺。他又可憐那個漁婦，在這寒冷的深夜裡打算明朝的粥，因而硬著頭皮不顧她的病孩。他恨不得將自己給孩子煮茶喝；恨不得躺在孩子的身體底下讓他取暖；又恨不得奪下黃白色的小蛾的贓物，給漁婦煮粥吃。他若是能夠走動時，一定要照著他的心意做了；最可恨他的身軀同樹木一樣，栽定在那裡，半步也不能動。他沒有法子，只有繼續低著頭哭，哭得更悲切了。直到鯽魚被投入木桶時，突然的聲響引起他的好奇心，才停了哭，看是什麼事情。

這木桶裡盛著一片的水，鯽魚側躺在桶底，只有貼底的一面身體略覺潮潤。這是他所難堪的。想逃出這個地方，他開始用力地跳，跳了好幾回，都給高高的桶框擋住，掉下時依舊側躺在桶底，且覺身體很痛。他的向上的一顆眼珠看見了稻草人，便哀告道，「我的朋友，你且放下手中的扇子，救救苦難的我罷！我離開了我的水鄉，只有死而已。你為一點不忍的心起見，救救苦難的我罷！」

鯽魚這麼哀告著，稻草人心酸已極，只有抖抖地搖著他的頭。他的意思是說，「請你饒恕我，我是個柔弱無能的人呵！我的心不但願意救你，並且願意救捕你的那個婦人和她的孩子，更願意救在你和他們以外的。可是我同植物一樣，栽定在這裡，不能自由地移動半步。我怎能如我的心願做呢！請你饒恕我，我是個柔弱無能的人呵！」

鯽魚不懂得他的意思，只見他連連搖頭，憤怒就像火一般的熾盛起來了。大喝道，「這又不是困難的事，你竟沒有一點人心，只是搖頭。原來我錯了，自己的苦難，哪有求別人援救的道理！我只當自己努力，努力無效，也不過一死罷了。這又值得什麼！」他說著，重又開始跳躍，尾和鰭的尖端都運著十二分的力，不要說別的部分了。

稻草人見鯽魚誤解他的意思，又沒有方法向他說明，只有默默地哀嘆，怨悒地哭。隔了一會，他偶然抬頭，看見那漁婦睡著了，一手還執著拉網的繩；這大約因為她過於疲困之故，雖然注意在明朝的粥，也敵不過睡神了。桶裡的鯽魚呢，跳躍的聲音不聽見了，只有些無力的尾巴撥動的聲音。稻草人想今夜的悽愴是從未經過的了，真是個悲哀的夜呵！看那些黃白色的小強盜，卻吃飽了他們的贓物，正飛舞得起勁呢。這些贓物，全出於主人的老筋骨的氣力，現在給他們吃掉，世間有比這個更可憐的事麼！

星光漸漸微淡，四圍給可怕的黑充滿了。稻草人忽覺側面田岸上有一個黑影走來，仔細望去，蓬亂的髮髻，寬大的短襖，認得出是一個女子的影子。她立定了，望那停泊著的漁船；不再走過來，卻轉身向河岸走。不幾步到了，就挺挺地立在那裡。稻草人覺得奇怪，便一意留心於她。

一種極哀傷的聲音從她的口裡發出來了，低細而且斷續，獨有稻草人聽得出，因為他聽慣了夜間的一切微聲。她的聲音是以下這些話語：「我不是一條牛，也不是一口豬，怎能便聽從你賣給人家？倘若此時再不出來，明天便被你迫著，賣到人家去了。你得到一點錢，也不過賭這麼一兩場便輸掉了，或者喝幾天黃湯便化掉了，哪裡有什麼益處！你為什麼一定要迫著我？……只有死，除了死沒有路呢！死了，去尋我的死小孩做伴罷！」實在這些也不成話語了，不絕的嗚咽將各個聲音攪糊，只是啼泣而已。

稻草人心驚非常，想這又是一件慘痛的事情給他遇見了，她將尋死呢！他急欲救她，出於一種不自覺的情思；因將扇子重重拍著，希望喚醒那疲困的漁婦。但沒有效果，那漁婦同死的一樣，一動也不動。他於是自恨，像樹木一樣，栽定在那裡，半步也不能動移。他知道見死不救是一種罪惡，而他自己正犯著這種罪惡。這真是比死還難受的痛苦呵！「天快亮罷！工作的農人們快起來罷！鳥兒快飛去報信罷！晨風快吹散她的尋死的念頭罷！」他這樣默默祈禱，但四圍依然充滿著可怕的黑，一切都只默默。他心碎了；然而不能自主，更恐怖地望那河邊立著的黑影。

她默立了一會，身子往前頓了幾頓。稻草人知道可怕的時候到臨了，手中的扇子只是啪啪地響著，但隨後他又挺挺地默立了。

不知又隔了多少時間，他忽然兩臂上舉，身體像倒轉來的樣子，向河中竄去。稻草人看見這樣，不等到聽見她落水的聲音，就沒有知覺了。

明天早晨，農夫從河岸經過，發見了河中的死屍。傳告大眾，近村的男女都趕出來看。雜的腳聲驚醒了酣睡的漁婦；她看那木桶中的鯽魚，已經僵僵地死了。拿了魚桶回入船艙，病孩的面龐更瘦了一點，咳嗽沒有一刻間斷了。那老農婦也跟著大眾到河邊來看；走過她的稻田時，順便看一看她自己的成績。完了，一夜工夫，未長足的稻穗都無力地倒了下來，稻葉全轉變成乾枯的顏色。她於是捶胸頓足地哭。人家回過來問她時，看見那稻草人橫倒在田旁了。

一九二二，六，七。

臺灣版後記

為重寫中國兒童文學史做準備

眉睫（簡體版書系策畫）

二〇一〇年，欣聞俞曉群先生執掌海豚出版社。時先生力邀知交好友陳子善先生參編海豚書館系列，而我又是陳先生之門外弟子，於是陳先生將我點校整理的梅光迪講義《文學概論》（後改名《文學演講集》）納入其中，得以出版。有了這個因緣，我冒昧向俞社長提出入職工作的請求。俞社長看重我對現代文學、兒童文學研究的能力，將我招入京城，並請我負責《豐子愷全集》和中國兒童文學經典懷舊系列的出版工作。

俞曉群先生有著濃厚的人文情懷，對時下中國童書缺少版本意識，且缺少人文氣質頗不以為然。我對此表示贊成，並在他的理念基礎上深入突出兩點：一是以兒童文學作品為主，尤其是以民國老版本為底本，二是深入挖掘現有中國兒童文學史沒有提及或提到不多，但比較重要的兒童文學作品。所以這套「大家小書」，頗有一些「中國現代兒童文學史參考資料叢書」的味道。此前上海書店出版社曾以影印版的形式推出「中國現代文學史參考資料叢書」，影響巨大，為推動中國現代文學研究做了突出貢獻。兒童文學界也需要這麼一套作品集，但考慮到兒童讀物的特殊性，影印的話讀者太少，只能改為簡體橫排了。但這套書從一開始的策劃，就有為重寫中國兒童文學史做準備的想法在裡面。

為了讓這套書體現出權威性，我讓我的導師、中國第一位格林獎獲得者蔣風先生擔任主編。蔣先生對我們的做法表示相當地贊成，十分願意擔任主編，但他畢竟年事已高，不可能參與具體的工作，只能以書信的方式給我提了一些想法，我們採納了他的一些建議。書目的選擇，版本的擇定主要是由我來完成的。總序也由我草擬初稿，蔣先生稍作改動，然後就「經典懷舊」的當下意義做了闡發。可以說，我與蔣老師合寫的「總序」是這套書的綱領。

什麼是經典？「總序」說：「環顧當下圖書出版市場，能夠隨處找到這些經典名著各式各樣的新版本。遺憾的是，我們很難從中感受到當初那種閱讀經典作品時的新奇感、愉悅感、崇敬感。因為市面上的新版本，大都是美繪本、青少版、刪節版，甚至是粗糙的改寫本或編寫本。不少編輯和編者輕率地刪改了原作的字詞、標點，配上了與經典名著不甚協調的插圖。我想，真正的經典版本，從內容到形式都應該是精緻的、典雅的，書中每個角落透露出來的氣息，都要與作品內在的美感、精神、品質相一致。於是，我繼續往前回想，記憶起那些經典名著的初版本，或者其他的老版本——我的心不禁微微一震，那裡才有我需要的閱讀感覺。」在這段文字裡，蔣先生主張給少兒閱讀的童書應該是真正的經典，這是我們出版本套書系所力圖達到的。第一輯中的《稻草人》依據的是民國初版本、許敦谷插圖本的原著，這也是一九四九年以來第一次出版原版的《稻草人》。至於解放後小讀者們讀到的《稻草人》都是經過了刪改的，作品風致差異已經十分大。俞平伯的《憶》也是從文津街國家圖書館古籍館中找出一九二五年版的原著來進行重印的。我們所做的就是為了原汁原味地展現民國經典的風格、味道。

什麼是「懷舊」？蔣先生說：「懷舊，不是心靈無助的漂泊；懷舊也不是心理病態的表徵。懷舊，能夠使我們憧憬理想的價值；懷舊，可以讓我們明白追求的意義；懷舊，也促使我們理解生命的真諦。它既可讓人獲得心靈的慰藉，也能從中獲得精神力量。」一些具有懷舊價值、經典意義的著作於是浮出水面，比如孤島時期最富盛名的兒童文學大家蘇蘇（鍾望陽）的《新木偶奇遇記》；大後方為少兒出版做出極大貢獻的司馬文森的《菲菲島夢遊記》，都已經列入了書系第二批順利問世。第三批中的《小哥兒倆》（淩叔華）《橋（手稿本）》（廢名）《哈巴國》（范泉）《小朋友文藝》（謝六逸）等都是民國時期膾炙人口的大家作品，所使用的插圖也是原著插圖，是黃永玉、陳煙橋、刃鋒等著名畫家作品。

中國作家協會副主席高洪波先生也支持本書系的出版，關露的《蘋果園》就是他推薦的，後來又因丁景唐之女丁言昭的幫助而解決了版權。這些民國的老經典，因為歷史的原因淡出了讀者的視野，成為當下讀者不曾讀過的經典。然而，它們的藝術品質是高雅的，將長久地引起世人的「懷舊」。

經典懷舊的意義在哪裡？蔣先生說：「懷舊不僅是一種文化積澱，它更為我們提供了一種經過時間發酵釀造而成的文化營養。它對於認識、評價當前兒童文學創作、出版、研究提供了一份有價值的參照系統，體現了我們對它們的批判性的繼承和發揚，同時還為繁榮我國兒童文學事業提供了一個座標、方向，從而順利找到超越以往的新路。」在這裡，他指明了「經典懷舊」的當下意義。事實上，我們的本土少兒出版是日益遠離民國時期宣導的兒童本位了。相反地，上世紀二三十年代的一些精美的童書，為我們提供了一個座標。後來因為歷史的、政治的、學術的原因，我們背離了這個民國童書的傳統。因此我們正在努力，力爭推山真正的「經典懷舊」，打造出屬於我們這個時代的真正的經典！

但經典懷舊也有一些缺憾，這種缺憾一方面是識見的限制，一方面是因為審稿意見不一致。起初我們的一位做三審的領導，缺少文獻意識，按照時下的編校規範對一些字詞做了改動，違反了「總序」的綱領和出版的初衷。經過一段時間磨合以後，這套書才得以回到原有的設想道路上來。

欣聞臺灣將引入這套叢書，我想這對於臺灣人民了解大陸的兒童文學是有幫助的。林文寶先生作為臺灣版的序言作者，推薦我撰寫後記，我謹就我所知，記述於上。希望臺灣的兒童文學研究者能夠指出本書的不足，研究它們的可取之處，為重寫兩岸的中國兒童文學史做出有益的貢獻。

二〇一七年十月於北京

眉睫，原名梅杰，曾任海豚出版社策劃總監，現任長江少年兒童出版社首席編輯。主持的國家出版工程有《中國兒童文學走向世界精品書系》（中英韓文版）、《豐子愷全集》《民國兒童文學教育資料及研究》，主編《林海音兒童文學全集》《冰心兒童文學全集》《豐子愷兒童文學全集》《老舍兒童文學全集》等數百種兒童讀物。二〇一四年度榮獲「中國好編輯」稱號。著有《朗山筆記》《關於廢名》《現代文學史料探微》《文學史上的失蹤者》，編有《許君遠文存》《梅光迪文存》《綺情樓雜記》等等。

民國時期經典童書 A0801001

稻草人

作　　者　葉聖陶
版權策劃　李　鋒

發 行 人　林慶彰
總 經 理　梁錦興
總 編 輯　張晏瑞
編 輯 所　萬卷樓圖書(股)公司
臺北市羅斯福路二段 41 號 6 樓之 3
電話 (02)23216565
傳真 (02)23218698

發　　行　萬卷樓圖書(股)公司
臺北市羅斯福路二段 41 號 6 樓之 3
電話 (02)23216565
傳真 (02)23218698
電郵 SERVICE@WANJUAN.COM.TW
香港經銷
香港聯合書刊物流有限公司
電話 (852)21502100
傳真 (852)23560735

ISBN 978-986-496-057-6
2017 年 10 月初版
定價：新臺幣 320 元

如何購買本書：
1. 劃撥購書，請透過以下帳號
帳號：15624015
戶名：萬卷樓圖書股份有限公司
2. 轉帳購書，請透過以下帳戶
合作金庫銀行 古亭分行
戶名：萬卷樓圖書股份有限公司
帳號：0877717092596
3. 網路購書，請透過萬卷樓網站
網址 WWW.WANJUAN.COM.TW
大量購書，請直接聯繫，將有專人為您服務。(02)23216565 分機 610
如有缺頁、破損或裝訂錯誤，請寄回更換

國家圖書館出版品預行編目資料

稻草人 / 葉聖陶著. 臺北市 : 萬卷樓發行,-- 初版. -- 桃園市 : 昌明文化出版 ;2017.10
面 ; 公分. -- (民國時期經典童書)
ISBN 978-986-496-057-6(平裝)
859.6　　　106017252